사랑의 은어

서한나

글항아리

원고를 다 읽고 조금 부러웠다. '조금'이라고 적었지만 그 조금이 점점 확대되면서, 다시 살아보고 싶다는 생각이 들었다. 서한나는 내가 살았으면 했던 그 질감으로 한 시절을 살아내고 있었다. 자기가 자기를 보살피는 게 뭔지 아는 사람처럼 말이다. 입술을 깨물며 삼킨 감정이 자리할 시공간을 공들여 구축해내는 작가의 문장은, 내가 놓쳤거나 일부러 삭제해버린 존재들을 떠올리게 했다. "미로는 좋은 애가 아니었다. 하지만 언제나 좋은 사람을 좋아하게 되는 것은 아니다"라는 문장으로 시작되는 「손가락 마디마디 분홍색」은 좋아서 몇 번이나 울면서 읽었는데, 지금부터라도 '미로'를 놓치면서는 살지 않겠다고 다짐하고 나서야 울음을 멈출 수 있었다.

이 책에는 사람도 나오고 장소도 나오고 음식도 나온다. 색깔도 나오고 손목을 타고 흘러내리는 과즙도 나온다. 뭐가 나오든 작가의 사려 깊은 시선을 듬뿍 받은 후라서 어떻게든지 살아서 나온다. 하지만 이 책이 좋은 이유가 모든 존재에 공평하게 내어준 시선 때문은 아니다. 작가는 오히려 이미 충분히 관심받는 존재들은 살짝 밀쳐놓고, 우리 삶에 배경처럼 존재하는 것들을 전면화한다. 버려진 공터에 쓰레기를 버리는 게 아니라 꽃을 심는 생활, 쟤 정말 이상해 말해버리기 전에 나의 이상함을 떠올려보고는 이상하게 웃음이 나버리는 생활, 견딜 수 없다는 생각이 드는 저녁에 몸을 일으켜 공들여 만든 음식을 먹는 생활. 나와 너를 소외시키지 않으면서 구체적으로, 또박또박 살아가는 방법을 알려준다. 이 책 어디를 펼치든 살고 싶다는 마음을 챙기게 되는 것도 그래서다.

임승유 · 시인

서한나의 글을 처음 읽은 밤에는 잠을 못 잤다. 못 잔 이유는 많지만 지금 말할 수 있는 건 이것뿐이다. 너무 커다란 반가움 때문이었다는 얘기. 신문에 그의 칼럼이 실리는 날이면 눈 뜨자마자 찾아 읽는다. 도대체 매체들이 서한나에게 더 많은 지면을 할애하지 않고 뭐 하는지 답답해하면서. 이렇게까지 말맛 있게 쓰는 작가가 우리 또래에 또 있던가. 나는 대체 불가능한 서한나를 따라 브루클린에 가고 가수원과 유성을 배회하고 천변을 걷고 술집에 앉고 낯선 냄새를 맡고 아직 안 먹어봤지만 알 것 같은 맛을 보고 더 볼 것도 없이 지긋지긋한 장면에서 환장하게 좋은 사유를 건져 올린다. 그러다 만나보지 못한 사람들을 아끼게 되고 가보지 않은 장소들을 그리워하게 되고 야해지고 명민해지고 서울을 이상하게 여기게 된다. 서한나가 서울 아닌 장소에서 모아 온 보물들을 궁금해하며 이렇게 부탁한다. 더 말해달라고. 더 가르쳐달라고. 그는 지금 내가 가장 기다리는 작가다.

이슬아 · 작가, 헤엄 출판사 대표

레즈비언의 경험은 언어의 부재라는 역사가 누적된 끝에 전인지적 차원에 머무르곤 한다. 다르게 말하자면 언어 외적 차원에서라도—서한나식으로 말하자면 표현할 단어가 있기 전부터 존재해왔다. 존재감 뚜렷한 그 물질은 우리로 하여금 굳이, 싫으면서도 위반을 감행케 하고 언어 없이 말하기라는 모순을 저지르게 하여 레즈비언의 공통언어를 시어라 일컫게 한다. 명확함에도 사라져버리고 사라졌어도 명확한 그 시의 역사가 서한나의 삶으로 활자화되었다. 『사랑의 은어』라는 제목은 시의 역사와 그의 삶을 한데 요약한다. 같은 환경에서 같은 운명에 놓인 이들이 서로 비밀을 유지하기 위하여 독특하게 사용하는 말, 은어를 발명해서라도 사랑을 표현하고 마는 시도들.

내가 한나를, 그의 빛과 윤곽을 처음 알아본, 그래서 본의 아니게 아우팅을 해버린 날은 평소에도 놀림을 받는데 책에도 놀림 가득한 어조로 등장한다. 이 책에는 그의 모습이 그대로 담기어 있으니 독자들에게 그럴 만하지 않았는지 드디어 물을 수 있게 되었다. 서한나의 은어를 알아듣는 사람들은 "어떻게 몰라!"라는 내 말에 호응해줄지 모른다.

내가 서한나를 처음 만난 그날처럼, 더 많은 사람이 그를 발견하게 될 순간이 왔다는 게 마치 내 일인 양 뿌듯하다. 그보다 이 책이 은어로라도 표현하고 싶었던 사랑과 그것을 발명할 줄 아는 더 많은 사람을 발견해낼 일이 기대된다.

이민경 · 작가

차례

나는 인간을 매우 잘 이해할 수 있겠다. 그들은 돌로 머리를 쳐서
자살을 하지 않도록, 어떠한 미혹Jauschung이 무조건unbedingt 필요하다.
종교와 술과 사랑과, 혹은 일종의 자기찬미Selbstverherrlichung가 생生이
살아갈 가치가 있는 것처럼 자신을 미혹迷惑시킬 수 있기 위하여
필요한 것이다.

_전혜린, 『이 모든 괴로움을 또다시』, 109쪽

어릴 때 살던 동네에 아직도 산다. 중학생 때는 동네 언덕에서 어린이집 선생님을 마주쳤고 서른 살이 되고는 보리밥집에서 유치원 원장님을 마주쳤다. 요즘도 치마 안 입니? 선생님이 묻고 나는 웃는다.

연애를 해본 적 있냐고 물으면 그렇다고 답하지만, 남자 친구 사귀어본 적 있냐는 질문에는 없다고 한다. 툭 불거진 걸 깎아 없앨 게 아니라면 넉살 좋게 넘어가기라도 해야 할 텐데, 내겐 요령도 없는 것이다. 나를 제때 변호하지 못했다는 생각과 말없이 웃던 시간이 모여 글을 쓰게 되었다.

밤에는 극장에 갔다. 내가 보고 싶은 장면이 나오지 않았다. 낮에는 거리를 쏘다녔다. 나와 비슷한 처지인 사람이 없는 것 같았다. 너무 멋지고 눈이 부셔서 숨을 못 쉬겠다는 노래를 들으면 신이 나면서도 세상이 말하는 멋짐과 떨림이 나의 것과 달라 당혹스러웠다. 좋아하고 사랑하니 사랑은 계속돼야 한다고 말하는 노래를 들을 때도 그 사랑이 나의 것과 다르다는 것을 알고 있었다.

이 책에 등장하는 사랑이라는 단어를 사람마다 다르게 읽을 것이다. 기존의 언어에서 자기 자리를 찾기 어려웠던 사람들과 만나고 싶다. 이 정도면 충분하다 싶을 만큼 재현된 적 없고 어디에서도 권유한 적 없는 감정을 혼자 느끼고는 당황했던 사람과 만나고 싶다.

내 사랑은 그것을 표현할 단어가 있기 전부터 존재한 것 같다. 누군가의 눈빛이 조금 다른 것을 육감으로 느낄 수 있듯이. 이 모든 사연과 역사가 담기지 않을 바에야 사랑이 아닌 다른 단어를 쓰겠다고 생각한다. 우리만 아는 말이어도 좋고, 아예 말이 아니어도 좋겠다. 이것이 사랑이 아닐 바에야 사랑을 하지 않아도 좋겠다. 그러나 우리는 사랑에 빠질 것이다. 해본 적 없는 말을 쏟아낼 것이다.

이국정취

처음 맡는 냄새 앞에서는 처음 사는 기분이 든다. 정기적으로
여행을 떠나고 싶은 사람이 있다면 그는 주기적으로 다시
태어나야 하는 사람일 것이다. 6월 7월에 한국은 가을이 아닐
건데, 브루클린은 가을 같았다. 초등학교에 입학하자마자 배운
애국가 덕에 우리나라는 아름다운 사계절이 장점이라고 외운 내가
시간과 공간을 감각하는 방식은 상당 부분 한국의 계절에 빚지는
데가 있었다.

　브루클린의 7월에는 여름도 있고 가을도 있었다. 노상 서늘하고
푸른 하늘은 내게 농협 하나로마트에서 본 청풍명월 쌀가마니
포장을 생각나게 했고 하이볼 잔에 뜬 얼음이 잔에 부딪혀 내는
청명한 소리를 떠올리게 했다. 태연한 표정 같은 맑음에 취해
오늘 저녁에는 동네 펍에 가자고 옆 사람을 부추기다 마침내
묵직한 나무 문을 잡아 열었을 때, 소시지 굽는 냄새와 너깃
튀기는 냄새가 매캐해 이전의 정취를 잃기도 했다. 다트와 포켓볼,
구제숍에서 본 옷을 입고 있는 사람들. 젊은 사람들을 구경하려면
지하철을 타고 가야 했다.

　맨해튼과 브루클린을 잇는 브루클린브리지나 셰이크섁 버거,
블루 보틀이나 첼시 마켓보다도 기억에 남은 건 냄새다. 자주 가던
중국인 마트에서 나던 용과 냄새, 채소 코너에서 뿜는 수증기와
청경채 냄새, 커다랗게 잘 익은 자두와 체리 냄새, 플라스틱 통에
한가득 들어 있어 비닐에 퍼 담으면 되는 묵은쌀 냄새, 반팔

셔츠를 입고 샌들을 신은 사람들의 몸 냄새, 올 유 캔 이트를
선택하면 배가 터질 때까지 음식을 먹을 수 있는—중국인이
운영하는 일식집에서 삶은 완두콩과 수북한 샐러드를 내줄 때
나는 냄새, 역시 중국인이 운영하는 후지산 초밥집의 조악한
인테리어의 일환으로 붙어 있는 수족관에서 나는 조용한 비린내,
축축한 초밥과 시원하지 않아서 더 지릿한 맥주 냄새, 귀퉁이가
닳은 계산서들 사이에 음식 값과 팁으로 끼워둔 지폐 냄새.

해가 들어가는 시간, 배를 두들기며 우리가 머무는 백인 동네로
샌들을 끌고 걸어오는 동안 거리에는 오묘한 냄새가 깔린다.
옆 사람은 그것이 위드 냄새라고 알려주었다. 대마를 위드라고
부른댔다. 내 서랍에도 있어. 집 밖으로 나오면 대마 냄새가 난다.
내가 아는 대마, 사람들이 잡혀 들어가는 대마, 취하면 기분이
좋아진다는 대마! 감각이 예민해져서 손가락으로 손등을 긁으면
그 느낌이 어깨까지 올라와버린다는 그거. 내 생각이 아닌 것 같은
내 생각이 머릿속에서 무차별적으로 팡팡 터진다는 그거.

배가 고파지면 이층집에서 걸어 나와 횡단보도를 건넌다.
그러면 토니스피자가 있다. 루콜라와 치즈와 신선한 토마토소스를
얹은 마르게리타는 동네 어느 피자집을 가든 훌륭하지만, 보드카
소스라고 부르는 토마토 베이스 소스를 도에 발라 구운 토니
피자집의 보드카피자는 한입 씹으면 주변 사람들 표정을 돌아보게
되고, 더 크게 왕! 씹어 우물우물 넘기면 피자 굽는 사장을 신이
아닌가 올려 보게 된다.

평일 오후 식탁이 끈적한 피자집에 앉아 있으면 라자냐와
피자를 포장해 가는 성인들과 전부 운동하는 애들인가 싶은
애들이 상기된 얼굴로 우르르 들어와 피자 한 조각과 탄산음료를

16

씩씩하게 먹고 마시는 걸 볼 수 있다. 나는 가게 안에서 맡는 냄새를 여름 나절의 낮잠이나 10대의 상쾌한 땀 냄새라고 이름 붙인 뒤 다시 피자를 먹는다.

그 옆 라벨라 식료품점에는 대파만 한 샐러리가 진열되어 있다. 한국 수박보다 덜 붉은 속살을 내보이며 벌어져 있는 수박을 지나 안으로 들어가면, 냉장 보관된 애기 엉덩이 같은 하얀 치즈 덩어리와 숭덩숭덩 썰어놓은 온갖 식재료가 보인다. 선반에는 알이 굵은 마늘과 공장제 빵들, 포장지를 뚫고 풍겨오는 냄새. 도리토스의 짭짤한 냄새가 상상되는데 코로는 에어컨 냄새가 들어온다. 앞 사람 계산이 끝나는 것을 기다리며 맡는 냄새를 불안한 동전의 냄새라고 생각하면서 입으로는 인사말을 외운다. 여기서 구하지 못한 청양고추는 한국인 슈퍼에서 산다. 아주 매운 것으로.

선선한 브루클린의 여름도 한낮이면 푹푹 찌는데, 한국의 열기와는 다른 훈기가 있다. 공기 냄새로 말할 것 같으면 시멘트 냄새도 아닌 것이 월마트 냄새도 아닌 것이, 남의 담장에 무성하게 핀 꽃 냄새도 아닌 것이, 코인 세탁소에서 나는 습기 냄새만도 아닌 것이…… 수박 껍질 냄새와 잘 마른 빨래 냄새가 섞인 듯한 냄새다. 햇볕이 목조 주택에 스민 냄새, 양배추 삶은 냄새에 옅게 밴 풀 타는 냄새, 우유와 파프리카에서 나는 각기 다른 단내.

바르게 늘어선 이층집 중에는 우리가 세 들어 사는 집이 있다. 짤랑짤랑 열쇠 다발에서 현관문 키를 찾아 열고, 삐걱삐걱 나무 계단을 오른다. 그러면 2층 신발장에 하우스메이트가 걸쳐놓은 보드가 있고 그 바퀴에서 퀴퀴한 냄새가 난다. 정 많은 이탈리아 사람과 경영대학원을 다니는 까칠한 한국인이 각각 방 하나씩을 얻어 산다. 주방에는 각자 사다놓은 레몬즙, 밀크티 가루, 삶은 콩, 냉동실의 새우볶음밥, 바퀴벌레 약 냄새가 난다. 냉장고를 같이 쓰니 둘 다 무얼 먹는지 보이는데, 어쩐지 부끄러운 그 기분까지 모두 합쳐야 부엌 냄새가 된다.

전기밥솥이 증기를 뿜어내는 동안 열린 창문으로 바깥 냄새를 맡는다. 비구름이 몰려오는 냄새. 브루클린의 비는 추적추적 온 적 없고 쏴아쏴아 오거나 투둑투둑 온다. 테라스에서 찬 밀크티를 마시며 낡은 책 냄새를 맡는다. 지나가는 랍비의 정수리를 내려다보면서 도로 냄새를 맡는다. 후각으로 추억하기는 매우 까다롭다. 온전히 추억하려고 들면 모든 냄새를 순차적으로 떠올리는 것이 아니라 둥실 불어오는 바람결에 맡아낼 수 있어야 한다. 정신을 한곳에 집중하고 코를 그쪽으로 보내면 찰나에 그 냄새가 맡아지기도 하는데, 거기까지 성공했다면 그것을 다시 맡고 싶어 못 견디게 된다. 생각일 뿐 여기서는 못 맡으니 나는 거길 또 가야겠다.

몇 달쯤 머물다 뿌리를 좀 찾아야겠으면 괜히 한국인 부부가 운영하는 김&오 슈퍼마켓까지 걸어가 블루 문 맥주를 몇 병 계산하며 여권을 내밀 것이다. 세파世波에 시달린 주인이 웃어 보이며 맥주병을 종이봉투에 담아주면, 나는 그것을 옆구리에 끼고선 남들이 불꽃놀이 하는 소리를 총 쏘는 소리로 착각해 겁먹기도 하면서 살금살금 집으로 걸어올 것이다. 내가 다녀간 여행지는 알 듯 말 듯 아쉬워서 떠나온 곳이 나 없이도 잘 있는가 하는 오지랖을 부리게 된다. 괜한 짓이려니 시차를 계산한다.

이국 냄새 맡으려고 외국에 간 거면서 내가 제일 좋아했고 내게 강렬한 인상 남긴 곳은 한인타운이다. 보고 싶다 친구들아 같은

간판이랑 한인 변호사를 소개하는 한인 신문이랑 「패션 70s」에
나올 것 같은 거리.

평소엔 먹지도 않는 엽기떡볶이에 들어가 4만 원을 내고
밥을 먹었다. 김치가 먹고 싶어서 들어갔다가 딱딱한 반찬만
고무줄처럼 씹다 나왔다. 김치는 대걸레 같았다.

거긴 막 뭘 그리워하는 중이었다. 동창도 그립고 맛도 그립고
그 와중에 진짜는 없이. 그게 그곳을 둘러보고 싶게 했다. 미국에
스타벅스가 있는 건 당연한 건데도.

치킨집이 왜 이렇게 펍 같고 웃기지 야하지 그런 생각을 했던
것 같다. 뭔가 야했다. 갖춰진 것도 없이. 친구는 본촌치킨 앞에서
담배를 피웠고 나는 그 앞에서 시대를 알 수 없는 옷을 입은
직원과 시간이 느리게 가는 거리를 보았다.

***

모르는 외국에서 지내는 게 좋기도 좋았지만, 돈 벌 생각 없이
아침에 눈 뜨면 오늘 뭐 하지 밤에 눈 감기 전에 내일은 거기
가볼까 하는 게 좋았다. 낮에는 출근한 친구를 기다리며 오이
피클을 담그고 속이 안 좋으면 흰죽을 끓여 오뉴블* 보면서
먹었다. 친구가 퇴근할 때가 되면 집 앞에 세워둔 스쿠터를 타고
지하철역으로 데리러 갔다. 오면서는 라벨라 슈퍼에 들르거나
다른 피자집에 가보기도 했다. 친구가 씻고 나오면 오늘 집에서
뭘 했는지 이야기해주고, 세탁소와 스타벅스에서 어떤 말실수를

*「오렌지 이즈 더 뉴 블랙Orange is the New Black」. 파이퍼 커먼의 동명 회고록을 원작으로
한 넷플릭스 드라마 시리즈.

19

했는지 들려주었다. 그러면 친구는 스모어프라푸치노와 스몰 라테의 발음이 어떻게 다른지 보여주며 나를 훈련시키다가 포기하고는 내일 회사에서 앱으로 주문해주겠다고 했다. 나는 도전해보고 싶은 마음 반, 또 라테를 주면 어떡하나 하는 마음 반으로 고개를 끄덕였다. 스모어프라푸치노는 시즌 한정이니까.

저녁이면 좋아하지도 않는 하겐다즈 바를 먹으며 깜깜해진 동네를 걸었다. 동네 한 바퀴를 걸으면서 어쩐지 진한 초록색으로 보이는 농구장 옆을 지나며 헉헉대는 숨소리를 듣고, 다리가 쓸리는 소리를 듣고, 신발이 흙을 지르밟는 소리를 들으면서, 어떤 날에는 소방차가 출동하는 모습을 우두커니 서서 보기도 하면서, 아직 불 켜진 던킨도너츠나 오뉴블에 나오는 칩을 걸어두고 파는 낡은 슈퍼를 보고 또 그곳들이 하나둘 문을 닫는 걸 보면서 꽃향기가 너무 좋다 기억할 수 있으면 좋겠다 하고 맡는데 장례식장이네 하고 머쓱하게 걸어 나오다가 포탄 터지는 소리에 숨어 들어갔다. 아무리 이른 시간이어도 무서웠다. 빨간 조명이 새어나오는 술집에 들어가보려다가 매번 포기했다.

그럴 때 하겐다즈 바를 오독오독 깨물어 먹는 것이 하루의 마지막 의식이었다. 갑을 터프하게 열어젖히고 초콜릿 코팅된 아이스크림을 오독오독 깨물어 먹는다. 우버 타고 어디 술집에 다녀오기도 뭣하고 집에서 가만히 텔레비전을 보거나 게임을 하는 것으로는 부족하고. 그렇게 한 바퀴 돌고 들어와서 샤워를 하고 누우면 알맞았다. 날이 더 더워지면 우리는 제이 마트에서 사 온 수박 한 통을 냉장고에 넣어두고 방에서 각자 편하게 여기는 자리에 앉아 아무 생각 없이 수박을 먹었다. 그러고도 더우면 샤워를 하고, 그러고도 더우면 냉동실에 얼려둔 얼음을 수건에

싸서 몸 위에 올려놓고 잤다. 피클 냄새가 아직도 안 빠진 것
같아, 옆방 사람 들어온 건가? 그런 말을 하다가 누가 먼저인지도
모르게 잠이 들었다.

***

지하철 복판에서 노란색 농구복을 입고 키스하는 여자애 둘을
보다가 의식적으로 눈을 돌렸을 때 내가 탄 지하철이 보여준
풍경은 도심을 가로질러 어느새 모래사장이었다. 종착지 이름은
코니아일랜드. 친구와 나는 다음에 꼭 저기서 내리자 말하며
여자애들보다 먼저 내렸고 둘은 누구의 어떤 내색도 기다려주지
않으며 즐겁게 키스했다. 지하철이 그들을 데리고 사라지는
게 흐뭇했고, 바람을 맞으며 코니아일랜드를 검색했다. 거긴
바다였다.

해 질 무렵이었고 배가 고팠다. 성의 없이 튀긴 네모난 감자를
먹다간 목이 막혀 죽을 것이 분명했다. 젤리나 사탕을 먹자니
그 돈으로 코니아일랜드가 대문짝만 하게 프린트된 민소매를
사는 게 나을 것 같았다. 어떻게 읽는지 모를 핫도그집 간판은
한국의 블로거가 알려준 대로 읽으면 된다. 미뢰가 한 개뿐인
인간이 먹는대도 만족할 수 없을 단일한 짠맛은 그 명성을
의심하게 했으나 어딜 봐도 낯설고 오래된, 체계가 잡혀 있는
패스트푸드점을 구경하는 것만으로도 내가 다른 나라에 있다는 걸
실감할 수 있었다.

우린 코니아일랜드에 자주 갔다. 출퇴근에 지친 친구는 내가
맨해튼의 탈 쓴 인형들에게 붙잡혀 사진을 찍혀 온 것이 귀엽고

안쓰럽다며 대처 방법을 일러주면서도 함께 가자고 할까 봐
노심초사했지만, 와중에 코니아일랜드에 가는 건 반겼다.

한국말을 하는 사람이 한 명도 없는 그곳이 대천이나
무창포보다 안락했다. 나를 등반할 것 같은 등산복 차림의
사람들도 없고, 살을 드러내놓고 얼굴만 무지갯빛 천으로 가린
중년이 의자에 실려 있는가 하면, 기저귀인지 팬티인지 모를
흰색 하의를 입은 할아버지가 샌들을 신고 핫도그를 주문한다.
벤치 앞에서는 노래하기보단 춤을 추고 싶은 게 확실한 사람들이
법석을 떨고 꼬마들은 열기구 앞에서 이 바닷가를 닮은 풍경을
모래로 빚어내고 있다. 가게 앞마다 음식을 먹을 수 있도록
설치해놓은 테이블에 앉아 이 풍경을 구경하고 싶어서라도
가게들을 훑으며 메뉴를 고르게 됐다. 경찰복 입은 사람들이
팔꿈치를 난간에 걸치고 주문을 하는 가운데 그 밑엔 커다랗고
검은 개가 늠름하게 서 있었다.

주말은 가족과 친구 들에게 내준대도 평일 낮의 코니만은
알아야겠다는 마음으로 책과 카메라를 챙겼다. 물에 들어갈
마음이 싹 사라지는 바다가 있고 당장 머리만이라도 담그고 싶은
바다가 있다면, 코니는 조용히 감상하고 싶은 바다였다.

친구가 출퇴근용으로 산 스쿠터는 지하철역 앞에서 출퇴근길을
배웅하고 마중하는 데 쓰였으니 그사이엔 내 차지였다. 밴에서
우르르 내린 어린 남자에게 중고 스쿠터를 인도받고 시험 삼아
길을 위아래로 달리던 그 순간에, 이거 타고 코니아일랜드
가야겠다 생각했다. 그리고 연두색과 하늘색으로 세상이 도배되던
날, 드디어 스쿠터에 올라타고 나는 코니아일랜드로 갔다……고
쓰면 정말 좋겠지만 난 겁이 많았다. 가다가 배터리가 닳거나,

갔는데 버스 타고 돌아오고 싶어지면? 스쿠터로 두 시간 걸리는
길, 걸어서는 열네 시간쯤이겠군. 동네가 바뀌는 지점에서는
냄새도 바뀌었다. 난 스쿠터를 세워놓고 옆에 보이는 공원에 가서
앉았다. 그리고 메시지를 썼다. 주말에 버스 타고 코니 가자.
비치타올 없이.

　　평일 낮에 늦은 점심을 챙겨 먹고 지하철을 탔다.
지하철역에서부터 뽀득뽀득 모래가 밟혔고, 아무리 오래 앉아
있어도 앞머리가 끈적해지지 않았다. 아무리 찍어도 가져지지
않으면 차라리 뚫어지게 봐야 한다. 배가 안 고파져서 다행이었다.
이제는 경찰관도 퇴근할 무렵, 나도 일어섰다. 책에 묻은 모래를
털고 주섬주섬 일어났다. 뭘 읽었는지 기억은 안 나지만 읽었다는
느낌만은 강렬하게 남은 이곳에서 지금을 잊지 않겠다고
다짐했다. 할 수 있는 건 이름을 외우는 것밖에 없어서, 너무
아름다운 길을 보면 주소를 외워놓자고 생각한다.

서울을 돌아다니며 한 생각

대학생 때 나는 달마다 한 번 일없이 서울에 가서 돌아다니고
와야지 하는 생각을 했다. 버터핑거라고 하는 이름이 야한
가게에서 우람함으로 승부하려 드는 팬케이크를 먹기 위해서도
아니고 생각할수록 이름이 이상한 교수곱창에서 새벽 네 시까지
술을 마신 뒤 잘 잡히지도 않는 주황색 택시를 타기 위해서도
아니고 대전에 없는 여자대학교에 가려고 지금이라도 논술시험을
봐서 예비 63번을 받은 뒤 기뻐하고 싶어서도 아니고 서울에만
있는 동성애자 술집을 기웃대며 소속감을 얻기 위해서도 아니고
오로지 이상함을 느끼기 위해서.

나는 미아리와 청담동 도곡동 같은 이름을 가진 동네가
궁금했는데 막상 그런 곳에서 내 기억에 남은 것은 성형외과도
아니고(쓰는 걸 보니 남은 것 같다) 중학생 때 하루 정도 연락하던
논현동 사는 어떤 아이도 아니고(기억하는 것 같다) 동네마다
하나씩 있는 죠스떡볶이와 혈관보다 더 복잡한 골목과 이게
이렇게 겉으로 드러나 있어도 되는 건가 싶은 도시의 외관이었다.
그러니까 서울에선 조금만 안으로 들어가면 옛날이 나왔다.

파출부를 구한다는 전단을 보자 나한테 일을 시킨다는 것도
아닌데 어깨가 움츠러들며 아까 본 죠스떡볶이로 숨어들고
싶었다. 더 가볼까, 더 들어가볼까, 아가리 벌린 괴물처럼 서울은
계속해서 장면을 보여주었다. 골목이라는 말은 여기에 붙이기에
너무 정겨웠다. 한국의 이상함을 서울에 가면 한자리에서 느낄 수

24

있었다. 아, 여기는 한국이다. 한국의 무서움, 한국의 추함, 한국의 옛날. 바로 지금 우리 곁의 광인…… . 맛 간 이들과 눈을 마주치면 (멀쩡한 사람은 길에 서 있는 내 눈을 안 본다) 안 될 것 같았다. 구석을 뒤지고 다니면 점집이 나오고 파출부 전단이 나오는, 들쑤실수록 찐득하고 검은 물이 찔꺽찔꺽 나올 것 같은 그런 아가리…… . 우중충하며 절대로 멈추지 않는 무언가들.

그 이상함이 어디서 나오는 걸까 묻는 것은 이 잡탕이 언제부터 잡탕이었을까 묻는 것과 다르지 않다. 잡채밥은 잡채와 밥이 함께 나오고 그건 명절에 먹는 잡채하고는 다르다는 것도. '잡雜'은 서울과 어울리는 글자다. 30년 전 대전에서 4500만 원 하던 아파트가 지금은 1억6000만 원이라는데 서울에선 그런 아파트가 10억을 호가한다. 사람들은 이곳에서 자기를 뭐라고 생각해야 하는지 모르거나 적극적으로 오인하고 싶은 상황에 놓인다. 욕심을 무시할 수 없거나 욕심에 적극적으로 부응한 결과 지하부터 건물 꼭대기까지 거리가 들뜨고, 지쳤거나 미쳤거나 둘 중 어디로 가는 중이거나 셋 중 하나가 되어 서울은 근현대사 교재처럼 펼쳐져 있다.

거대한 이상함을 구경하고도 무사할 거라고 자신했나. 그즈음 이태원랜드에서 하룻밤을 보낸 적이 있다. 신발장이 많고 그만큼 로커도 많았으므로 나는 역시 입구에서 한참을 헤매었다. 내가 동네 사람이 아니어서 그런지 동네 사람이 없는 것 같아 보였고 사람들은 세트장에 모인 단역 배우들 같았다. 그건 이 찜질방이 드라마 「시크릿 가든」에 나왔기 때문만은 아니고 내가 나를 뭐라고 생각해야 할지 몰라서도 아니었다. 어쩌면 이태원과 찜질방이라는 조합에 겁을 먹은 것일 수도 있다.

어릴 때 잠깐 아빠와 이야기를 나눠본바 이태원은 아빠가
유년을 보낸 곳. 그는 동네 꼬마들과 함께 연필과 초콜릿, 캐러멜
따위를 던져주는 미군의 차를 따라 달린 적이 있다고 했다. 나는
음, 하며 초콜릿도 캐러멜도 심지어 연필도 별로 안 좋아하는 그가
정말로 좋아했던 건 미국이 아니었을까 생각한다. 이제는 될 수
있는 한 서울에 가지 않는다.

너는 내가 아닌 것 같다

나는 이상한 술집을 찾아다닌다. 내가 아는 이상한 술집을
떠올려보았다. 이상한 술집에 가면 기다리는 일만 할 수 있다.
재미있는 대화가 들려올 때까지. 맛있는 안주를 찾을 때까지.
기다리는 연락이 있는 것 같다. 노은동에 있는 이태리식탁에
가서 온화한 까만 불빛 아래서 샐러드를 썰어 먹으며 삼삼오오
행복해하는 사람들을 노려보고 싶은 마음을 누르지 않아도 된다.

이상한 술집은 이상하기만 해서는 안 되고 정겨워야 한다.
내가 떠올려보는 술집으로는 미역줄기볶음을 반찬으로 주는
정림동 자리주심이 있다. 관저동 부산오뎅은 언뜻 지극히 평범해
보이지만 초등학교 중학교 고등학교를 같이 나온 사람들이 앱으로
만나 한 명이 화장실에 간 사이 남은 둘이 신경전 벌이는 장면을
본 뒤로 이상한 술집이 되었다.

그곳에 가면 사랑과 무관한 것처럼, 또는 사랑이 휘몰아치고 간
잔해 같은 행색으로 사람들이 아웃렛의 옷가지처럼 구겨져 있고
언제라도 말을 걸면 말을 쏟아낼 것 같아서 실수로라도 치고 싶지
않다. 나는 병맥주를 따면서 주변을 둘러본다. 내가 받은 사랑
편지는 내게 온 것이 아니어야 이해가 될 것 같다고 생각한다.
주머니에 손을 넣어 그것이 잘 있는지 귀퉁이를 만져보지만 내게
온 좋은 것은 내 것이 아닌 것 같다.

이 술집에 500년 앉아 있어도 사랑을 실감하지 못할 것 같다.
그대로인 내가 미워요 이런 가사만 이해가 되고 나를 사랑하고

어쩌고저쩌고 하는 말은 잘 모르겠다. 정말로 나를 사랑하면 좋겠는데 하면서 남들이 속삭이는 말을 열심히 듣는다. 사랑은 뒷주머니로 빠져나가고 나는 눈이 시뻘게져서 돌아다닌다.

하루는 이상한 술집에 가는 대신 집에서 친구한테 대뜸 메시지를 보내 마요네즈 싫어하냐고 물었다. 나는 조금 외로운 것 같다고 말했다. 친구는 그건 기분이냐고 상태냐고 물었다. 나는 둘 다인 것 같다고 생각하면서 어 존나 공허하고 슬프고 불안해, 덧붙였다. 어두운 방에 혼자 버려져 있고 아무도 찾으러 오지 않는 것 같다고 했다. 사실 찾으러 오긴 올 것이다. 왔다고 생각하지 않을 뿐이다. 오는 방법은 나도 모른다.

유실물이 된 기분으로 대화를 이어간다. 친구는 엄청 강한 마음이구나, 했다. 자기는 외로운 걸 모른다고도 했다. 심심함과 외로움에 불감이라고. 그러더니 물었다. 뭐해 그럼 그럴 땐? 뭐 먹거나 박완규가 부른 「천년의 사랑」 듣거나 블로그에 외롭다고 씨부리기 또 다른 외로운 사람이 쓴 글 읽기⋯⋯. 친구는 자긴 그런 게 있다고 했다. 세상이 언젠가 날 공격할 거 같은 데서 오는 불안이 커. 돌변해서 날 공격할 거 같아. 나는 묻는 대신 대답했다. 공격당하는 느낌이지 우리 일상이⋯⋯. 어떤 애는 지나가는 차가 자기를 칠 것 같은 느낌이 든대. 친구는 이해했다. 어, 그래서 차한테 잘 보여야 해⋯⋯. 한 명은 차한테 잘 보이느라 힘들고 다른 한 명은 블로그에다 남이 나 같지 않아서 때로 미치겠다고 적었다.

28

은밀한 관심사

일주일 코딩에 관심 가진 적 있다. 컴퓨터 언어가 무엇인지 검색해보고 네이버 백과사전 읽어보고 웹사이트 돌아다니면서 컴퓨터공학과 교수가 쓴 글도 읽었다. 코딩 프로그램을 켜면 처음에 '헬로 월드Hello World!'라는 말이 뜬다. 가끔 이 말을 생각한다. 놀이동산이 폐장할 때나 밤바다에서 별을 올려다볼 때 생각한다. 헬로 월드. 거기서부터 모든 것이 시작된다. "코딩으로 어디까지 할 수 있어요?" "전부 다요."

앱이나 웹사이트를 만들고 싶은 건 아니었다. 하루에 얼마큼 머리를 쓰면 어제보다 더 나은 삶을 산 것 같아서 좋다. 코딩은 비웃지 않고 오해도 해명도 않고 계속 다시 해보라고 한다. 언제는 사람들 중에 두 명을 뽑아서 한 사람에게는 커피 쿠폰을, 또 다른 사람에게는 피자 쿠폰을 주는 추첨 프로그램 만들기를 했는데 코드 짜기가 어려웠다. 누구한테 피자 쿠폰을 주지 누구한테 커피 쿠폰을 주지 고민하느라 머리가 쪼개질 것 같았다. 포기하고 정답을 보니까 우선 두 명을 뽑고 그 둘에게 커피든 피자든 주는 게 컴퓨터의 접근이었다. 명료했다. 하지만 정답을 보기 전까지는 그 간단한 게 어려웠다.

컴퓨터는 명료하고 컴퓨터는 입력한 대로 뱉고 그걸 무한히 반복할 수 있고 컴퓨터는 거짓이 없다. 아무리 거짓말을 하려고 해도 컴퓨터에는 모두 진실이 된다. 네이버나 다음이라도 된 것처럼 엑셀 창에서 로그인하는 무언가를 만든 적이

29

있다. 아이디는 한나 비밀번호는 1105 이렇게 입력하면 창에
"환영합니다" "로그인되었습니다" 따위가 뜨도록 설정하는
것이었다. 만약 비밀번호를 1106으로 입력하면 "다시 입력하세요"
혹은 "비밀번호 찾기로 이동" 둘 중에 하나를 누르게 해둔다.
그 놀이는 재미있었다. 하지만 앞으로는 남이 만들어둔 것을
이용하는 편이 좋겠다고 생각했다.

집에서 소파에 누워 1층을 내려다보며 사람들이 아파트 단지
안을 걸어 다니는 것을 보고 분수대 앞에 옹기종기 모여서 팬돌이
까주는 걸 보고 강아지들이 화단 앞에서 다리 드는 것을 보고
그걸 기다려주는 사람을 보고 그렇게 살면 좋겠다. 아이유가
「코인」이라는 노래를 냈는데 랩이 좋아서 듣기는 듣지만 코인
코인 할 때마다 비트코인 지금 사지 않으면 안 될 것 같은
기분이 들어 마음이 안 좋다. 나는 그냥 햇빛을 쐬고 책을 읽고
가끔 PC방에 가서 카트라이더를 하고 로그인이 안 되면 누가
만들어놓은 비밀번호 찾기를 이용하고 싶다.

삼성전자 주식 두 주 샀는데 2000원 올라서 4000원 벌었다.
그리고 책 세 권 사서 3만 원 썼다. 오늘 친구들과 주식 이야기를
하다가 올랐나 눌러보았는데 파란색 글씨였다. 4000원 잃었다.
내가 그러는 동안 사람이 계속해서 태어나고 컴퓨터와 컴퓨터
비슷한 것들이 생겨난다.

오늘은 흙과 마루라는 아주 좋은 술집에서, 사장님의 살림이
방 한쪽에 자리한 밥집에서 윈도 컴퓨터를 봤다. 사장님은 그걸로
노래도 틀어주었다. 벽에는 보잘것없는 인생이라도 괜찮다는
문장이 쓰여 있었다. 앉기만 하면 속이 겉으로 튀어나오는 주황색
은은한 불빛 아래서 반쯤 열린 창문으로 초봄 저녁이 들어오는

가운데 걸쭉하고 고소한 들깨수제비를 먹었다. 여긴 모기 생기기 전에 무조건 다시 오겠다고 다짐했다.

아무도 휴대전화나 카메라를 들지 않고 신나서 맨손을 흔들며 환호하는 옛날 공연장 모습을 보는 게 더 새롭다. 찍어도 안 보잖아. 녹음해도 다시 안 듣잖아. 하지만 적어둔 것은 다시 읽게 된다. 어떤 날에는 자기 생각이 세상에서 제일 재미있어서.

무얼 배우고 싶다는 것은 새로운 논리를 발견하고 싶다는 뜻이기도 하다. 친구는 중3 수학 문제집을 푼다. 느낌이 새로우니까 그럴 것이다. 가끔 만나지는 어떤 것에 진짜 인생이 있는 것 같다. 내게는 컴활 자격증이 없다. 따려고 했는데 시험 시간을 못 맞춰서 따지 못했다. 응시했어도 결과는 같았을 것이다. 나는 앱도 안 만들고 홈페이지도 안 만든다. 그러나 '헬로 월드'에는 관심을 둔다.

타인의 방

혼자서 노래방에 가고자 하는 청승을 실현할 수 있었던 것은
코인 노래방 덕분이지만, 노래방에는 소파도 있고 조명도 있고
무엇보다 뛸 공간이 있어야 한다. 앗싸 노래방 두리 노래방에는
각기 다른 추억이 있다. 대학가 근처의 노래방이 한 시간에
3000원이라면 동네 노래방은 1만5000원인데 그 이유는 잘
몰랐다. 어디는 노래연습장이고 어디는 노래방인데 둘의 차이도
모르고 신이 나면 근처 노래방으로 무턱대고 들어갔다.

해운대 노래방에선 양복 입은 사람들이 지키고 서 있었고 우리
말고는 손님이 없었으므로 우리가 부르는 동방신기의 「라이징
선」 같은 노래를 아마도 듣고 있었을 것이다. 노래방마다 풍기는
분위기가 달랐는데, 내가 친구들과 우르르 들어가면 갸웃하는
주인도 있고 다양했다. 노래방에서 마시는 이프로는 확실히
달았다. 노래방 책은 귀퉁이가 접혀 있을수록 좋고, 두꺼울수록
좋다. 마이크와 탬버린이 많을수록 좋은 것과 같은 이치로.

어느 날은 노래방에 가서 음료수를 시키려고 벽에 기대어
주인을 기다리는데 계산대 뒤로 비상연락망이 보였다.
비상연락망에는 동네 노래방 이름이 적혀 있었다. 나는
사장님에게 연유를 물어보았다. 사장님은 단속이 너무 심해
장사를 할 수가 없다고 말했다. 그의 얼굴 접힌 데마다 고인
피곤과 매일의 노동을 알리는 신호탄 같은 화장과 지하실과
혼연일체 된 흩날리지 않는 머리카락에 내 시선이 멈추었고

얼굴은 잊힌 채 느낌만이 남았다.

스무 살이 되었고 나는 또 노래방에 갔다. 이번에는 횟집에서 일하다 과메기를 배달하러 간 거였는데, 사장님은 가게 앞 단풍노래방에 주고 오면 된다고 했다. 그 노래방 사장님이 종종 시킨다고. 나는 과메기를 들고 길을 건넜다. 단풍노래방에는 엄마뻘 사장님이 있었는데 앉은키가 계산대보다 작아서 잘 안 보였다. 사장님은 몸을 일으켜 봉투를 건네받고 현금을 딱 맞게 내주었다.

노랫소리가 나지 않는 걸로 봐서 손님이 없는 것 같았다. 옆에는 입구와 계단을 비추는 CCTV가 있었고 팔 오징어를 굽는 가스버너가 있었다. 주머니에 받은 돈을 찔러 넣고 나가려는데 아저씨 한 명이 들어왔다. 사장님은 기운을 끌어내는 목소리로 그를 반겼고 아저씨는 나를 흘끔 쳐다보았다. 사장님은 손님이 없을 때 누워서 쉬는 간이침대로 가서는 이불을 개며 쉬고 있지 않은 척했다. 아저씨는 딸이냐고 물었고 사장님은 손사래를 쳤다.

낮에 자고 밤에 출근해 새벽에 퇴근하는 삶에 관해서는 나도 알고 있었다. 들어오면서부터 '여자'를 찾고 나갈 때는 본전 생각이 나서 외상을 하려는 사람에 관해서도 물론. 스트레스를 풀어주는 사람과 스트레스를 풀러 오는 사람이 정확히 반으로 나뉘어 있다는 것과 풀어주는 이 없는 사람의 스트레스에 관해서는 아무도 생각한 적 없다는 사실도. 나는 단풍노래방 사장님이, 비상연락망을 공유한 사람들이, 사장님이 전화해 불러내는 사람들이, 주어진 일을 열심히 하는 사람이라고 생각했다. 왜 그것이 주어져야 했는지는 아무도 궁금해하지 않았다.

납골당에 가면

납골당에 가면 머리가 아프다는 글을 보기 전에 납골당에
도착했다. 명칭은 백양사 명부전. 문은 닫혀 있었고 유리창마다
콧기름이 동그랗게 묻어 있었다. 가는 길에 장성호에 홀릴
뻔했지만 정신을 붙잡은 덕분에 고요한 가운데 도토리인지 뭔지
모를 열매가 물에 퐁당 빠지는 소리를 들을 수 있었다. 그 소리에
나도 저기 빠지고 싶다는 걸 알았다. 절의 초입이 예쁘고 좋아서
어떻게 할 줄을 모르고 계속 보았다.

　뭐가 잘 안 될 때는 이름이 마음에 드는 고장에 가서 새로운
땅도 밟아보고 냄새도 맡아보고 풍경 좋은 데 내려서 식물도
들여다본다. 식당 간판은 또 어떤지 웃긴 말은 없는지 구경을
한다.

　석가는 보리수나무 아래서 깨달음을 얻었다는데 나는 잎이
하트 모양이라는 말에 진짠가 하며 빙글빙글 돌기나 했다. 절과
이어진 산길에선 매운 풀내가 났고 나는 숨을 깊게 들이쉬었다.
초입으로 돌아가서 챙겨온 책 몇 권 꺼내 들춰보다 떠나야지 했다.
물가는 보기보다 춥다. 추워서 머리가 아픈 거라는 말에도 난
아니야 그랬다. 영靈들보다 더 영혼이 맑으면 머리가 아플 수 있대,
하면서 믿고 싶은 대로 믿었다.

분지 사람이라고 바다를 모르겠냐만

바다에는 작정하고 간다. 바리바리 고민거리 싸 간다. 생각할
시간을 벌려고 흡연하는 사람들처럼 나는 그 앞에 앉는데, 막상
바다를 독대하면 별생각 안 든다. 추우면 추워서, 더우면 더워서,
바람 불면 볼이 간지러워서, 사람이 적으면 무서워서. 물이
빛나네, 이쁘네 그러다가 사진 몇 장 찍는다. 다시 안 볼 역광
사진을.

온도 습도 인구밀도 적당한 오늘도 생각은 뻗지 않았다. 시선
끝에서 고민이 부서졌다. 바다에 뭘 입히든 파도가 튕겨냈다. 이게
다 뭐냐, 시시해져서는 생각을 해야 한다는 생각마저 버리고 눈
감았다. 바닷바람 맞으면서 바다 냄새 맡았다. 물이 맑아서 짠
내가 덜 나나, 눈두덩이 위로 햇빛이 앉았나, 뒤통수에서 시끌시끌
까끌까끌 사람 소리 들려올 때쯤 엉덩이 털고 일어날 마음이
생겼다.

"나이 들면 지켜야 할 게 많아져. 더 이상 경거망동 못해." 그
말을 듣던 날엔 지켜야 하는 게 부와 명예 같은 건 줄 알았는데,
나이 든다고 그 둘이 생길 리 없으며, 그보다는 본질적으로 자신과
관련된 문제에 가깝겠다는 생각이 든다. 망가진 자신을 사랑할 수
있는지, 과거를 긍정할 수 있는지.

가만히 있는 게 쉬워 보여도 사람이 가만히 있을 만해야 가만히
있어지는 거라, 두 시간이고 세 시간이고 달려 바다에 간다. 겨우
가만히 있기 위해. 코앞에서 맨눈으로 보는 바다보다 버스에서 창

하나 두고 내다보는 바다가 순하다는 걸 알아도, 저건 영원히라도 보겠다 싶어도, 언제까지나 버스에 있을 수는 없는 일이다.

살면서 들은 칭찬을 조금도 흘려보내지 않으려다 기억력이 좋아져버린 나는, 때로 모든 걸 잊기 위해 바다에 갔다가 아무것도 못 잊고 집에 온다. 돌아와서는 안 읽고 쌓아둔 책을 열어보기도 하고 미뤘던 카톡에 하나씩 답하기도 한다. 전기 요금도 내고 생수도 산다. 엉덩이를 털면 일어나게 된다.

번개

이반카페 회원이던 나는 다른 사람의 사진과 고민을 구경하다가
그중 한 사람에게 연락을 한 적이 있다. 스물한 살 때, 여자친구와
헤어지고 친구로 지내기로 했는데 복학생 한 명이 자꾸만 그에게
치근대는 게 보기 싫기도 했고 그것을 시작으로 내 주변이 모두
이성애 관계로 덮여 있다는 것을 실감하면서 지긋지긋해졌다.
다른 이야기를 하고 다른 언어를 쓰고 싶었다.

　나는 연락을 기다리는 사람들이 올려놓은 사진을 구경했고 사진
아래 적힌 번호로 문자를 보냈다. 우리는 며칠 띄엄띄엄 연락을
주고받다가(원래 이런 연락 자주 하세요? 아뇨 전 처음…… 저도
사진 거의 안 올려요…… 네……) 서울에서 만났다. 술을 마시기로
했다. 그는 아이스블라스트를 피웠고 나는 그 캡슐을 깨는
장난을 쳤는데 그건 친근감의 표시였다. 그는 착한 사람이었다.
착한 사람은 서태지 닮은 친구 안문숙 닮은 친구와 친했다.
두 친구는 나와 연락하는 그 사람을 각각 상냥하게, 터프하게
챙겨주었다. 나는 그날 집에 가지 않았다. 그와의 뒷일을 기약하기
위해서라기보다는 술집에서 술을 마시다가 대뜸 서울역에 가는 게
어쩐지 상상되지 않았다. 나는 어쩐지 보수적으로 자리를 지켰고
후에 그는 내가 자기를 마음에 들어 하지 않아서 일찍 집에 갈 줄
알았다고 했다.

　그는 용산에 살았다. 우리는 숙명여대 앞 밥집에서 학생들과
섞여 밥을 먹었고 그가 자주 가는 바에서 술을 마시기도 했다.

그는 나를 꿈같은 사람으로 여겼다. 카페에서 연락해오던 사람 중에서 그나마 내가 인생을 잘 굴리고 있다고 느꼈던 것 같다. 그는 뿔테 안경이 잘 어울리던 전 애인 이야기를 해주었다. 나는 여자를 만났던 사람과 연애 이야기를 하는 게 좋았다. 그는 박력 있고 키가 컸으며 이름 세 글자에서 마지막 글자를 빼 외자 이름으로 사는 사람이었는데 나는 어쩐지 이 모두가(태지와 문숙을 포함해) 매우 개성 있으면서도 시트콤 같은 데서 본 듯한 느낌이 들기도 했다(그런 시트콤은 아직 없다). 이들을 처음 만나는 날 무엇을 선물해야 할까 하다가 성심당에서 빵을 30만 원어치 살 생각도 했는데 이건 어쩌다 나온 아이디어인지 왜 하필 성심당 빵이며 30만 원인지는 지금도 모르겠다.

그의 생일날 백화점에 가서 목걸이를 샀다. 장마였고 나는 슬리퍼를 신고 조거 추리닝을 종아리까지 걷은 채 찰박대며 걸었다. 고등학교 동창이 일하고 있었는데, 그를 보자 내가 지금 무엇을 하고 있는 걸까 하는 생각이 들었다. 하지만 시동을 걸었으면 마트라도 다녀와야 했기에 나는 목걸이 다발을 챙겨 새마을호를 탔다. 생일을 함께 보내자고 전화하니 그가 당황했다. 만나지 못할 줄 알았어. 태지 문숙과 있다가 그가 왔다. 추적 60병 같은 이름의 병맥줏집에서 우린 만났다. 보니까 좋았나? 생일을 축하하긴 했지만 이렇게까지 할 일은 아니었다. 나는 시나리오에 적힌 대로 선물을 내밀었다. 나는 또 집에 가지 않았다. 저녁에 왔다가 밤에 가는 것이 상상되지 않았고 내가 돌아갈 곳이 대전엔 없는 것처럼 느껴졌다.

그는 이튿날 회사에 갔고 나는 일찍 일어나 방에 놓여 있는 목걸이를 보았다. 그가 목걸이를 한 적이 있었던가, 그제야

생각했다. 조용히 집을 빠져나왔다. 아침에 나오는 것이
자연스럽게 느껴졌다. 나는 대전 친구들과 어울리는 시간을 더
많이 보냈고 그러던 어느 날 우리들의 성 이야기나 고민 있어요
같은 게시판을 누르며 새 글을 확인하고 싶은 기분이 만들어졌다.
그날따라 이상하게 사람을 찾습니다 게시판(길에서 반한 사람을
수소문하는 글을 올리는 게시판이다)에 볼일이 있는 기분이 되었고
나는 정회원이었으므로 게시글 목록을 훑으며 욕구를 충족했다.

　버스에서 본 그분 찾아요 뿔테 안경 쓰셨고 저랑 눈 마주쳤던
것 같은데 연락 기다릴게요. 작성자는 그 사람이었다. 나는
그에게 헤어지자고 말했고 그는 붙잡았다. 카페 앱과 번호를
지우는 것으로 나는 그를 삶에서 삭제했다. 시간이 흘러 용산을
드래곤마운틴이라고 부르는 게 그와 무관한 일이 되었을 때
그가 내게 친구로 지낼 수 없겠냐고 메일을 보내왔다. 기쁘지도
슬프지도 않았다. 자연스러운 전개 같았고 나는 다음으로
기대되는 행동을 수행하고 있는 기분이 들었다. 이것 다음엔 이것,
해야 할 것 같은 행동을 하는 생각 없음의 연쇄를 그가 끊어주어
다행이었다. 누구의 마음에도 들지 않았던 목걸이가 하나 팔렸고
일없이 기차표 한 장이 나갔고 뜬금없이 술집에 손님 둘이 온
것이다. 지구가 오류를 일으켜서 그렇게 되었다.

착각하지 않고서 어떻게

친구는 유치원을 퇴사하던 날 유치원이 있는 방향으로는 오줌도
안 싸겠다며 학을 뗐다. 첫 근무지였던 영어 유치원에서는 온갖
세시풍속과 절기별로 한국인들이 치러온 의례를 아이들에게
전수하려는 강박을 가지고 있었고, 때문에 친구는 김장철에는
김장하고 동지에는 팥죽을 쑤었으며 봄에는 무순을 기르고 감자
모종을 심었다. 친구는 원장이나 잠수 퇴사한 동료들, 개떡 같은
처우에 대해서는 이를 갈았지만 그래도 아이들과 함께했던
순간들이 토막토막 좋은 기억으로 남아 혼자 있을 때 불쑥
생각난다고 했다. 그리고 생각난 것들을 내게 종종 말해주곤
했는데, 옆에서 들은 이야기가 꽤 되었다.

나는 애들하고 몸 부딪치면서 장난치는 게 좋았어. 달려와서
안기는 친구 안아서 몸 간지럽혀주면 까르르 하면서 자지러지게
좋아하고, 얼음땡 할 때 무서운 소리 내면서 으다다다 달려가면
또 꺄악꺄악 하면서 뒤집어지게 좋아해. 그리고 애들을 가만 보고
있으면 인간이 진짜 신기하다 싶어. 도망치는 놀이 하다가 벽을
만나거나 더 이상 도망칠 수 없는 상황이 되면 애들은 눈을 가려.
어린애들만 그러는 게 아니고 거의 일곱 살 때까지 그런다? 내가
상대방을 못 보면 상대도 나를 못 보는 줄 아나 봐. 신기하지.

신기하지, 하고 나를 돌아보며 그렇지 않아? 하고 동의를
구하는 친구의 신뢰 가득한 표정을 보면서 나는 속으로 다른
생각을 했다. 내 눈에 남이 보이지 않으면 남의 눈에도 내가

보이지 않을 거라고 믿어왔던 순간에 대해서. 나는 숨기는 삶에는 이미 도가 텄다. 숨길 것이 많은 삶을 살다 보면 무엇을 언제 어떻게 숨겨야 하는지 누가 알려주지 않아도 터득하게 되고, 사람들이 말하는 '눈치 빠름'이나 "저 사람은 당최 속을 모르겠단 말이야"처럼 적절한 때 들으면 일말의 자부심마저 느껴지는 삶의 기술이랄지 사람의 기질이랄지 하는 것이 생겨난다. 나는 그것이 꽤 마음에 들던 차였다.

친구의 말은 지금껏 내가 눈 가리고 아웅 했던 것들을 지금 이 자리로 다시 불러들이게 했다. 타인이건 자신이건 끝내주게 속였다고 영리한 척했던 내가 결국에는 그 모든 것을 다시 불러내었다. 알고 싶지 않아서 알아내지 않으려고 하는 사람, 정말 몰라서 모르는 사람, 웬만하면 좋은 면만 보려고 하는 사람—그 사이에서 나는 세상을 기막히게 속였다며 기고만장하기도 했다. 내가 상대를 바라보는 동안 상대도 나를 바라본다는 것을 알았지만, 이해는 뒤늦게 왔다.

척추 타고 빠르게 퍼지는 수치심과 두려움을 온몸으로 느끼면서도 그래서 앞으론 어떻게 달라져야 한다는 거지? 질문에 바로 답할 수 없는 건, 이미 내가 너무 나이기 때문일 것이다. 그러지 않고서 어떻게, 숨기거나 속이지 않고서 어떻게, 착각하지 않고서 어떻게. 어떻게 내가 나에게서 달아나고 벗어날지 혼자서는 알지 못하겠다. 착각은 방어의 이음동의어, 이러나저러나 삶의 방편. 그런 사람을 보면 지나쳐준다. 틀린 것이라도 간절하게 필요한 때가 있으니.

산책

어떤 날에는 걷지 않으면 안 될 것 같은 기분이 되어 산책 준비를
한다. 가을에는 오래 걸어도 다리가 덥지 않을 얇은 추리닝을
골라 잡고 모자가 달린 두꺼운 옷을 망태기처럼 쓴다. 그 위에
바스락거리는 바람막이 점퍼를 걸치고 지퍼를 턱밑까지 올리면
모자가 깁스처럼 목을 감싸줘서 안정감이 든다. 신발 안에 발이
꽉 차게 두꺼운 양말을 신고 운동화에 발을 넣는다. 이어폰과
휴대전화, 카드만 챙겨서 나선다. 혹시 포카리스웨트 같은 게 먹고
싶어질 수도 있다.

하루 종일 들은 노래가 있다면 그날 밤 산책은 더욱 기대할 만한
것이 된다. 매일 오가는 길이어도 괜찮다. 그저 찬바람을 맞으며
속에서 무언가 풀려나갈 때까지 걸을 수 있으면 된다. 매일 보는
우체국과 아이스크림 가게, 불 꺼진 집들을 지난다.

이 시간을 위해 산책을 하는 것이지 싶은데, 한 시간 정도 걸은
뒤 현관 앞 난간에 기대어 달을 올려다보고 바람에 흔들리는
단풍잎을 내려다보면서 노래를 들으면 기분이 이상해진다. 성미가
부드러워지면서 생각은 선명해진다. 손바닥과 발바닥에는 열기가
돌면서도 코끝은 시원하고 가슴은 가볍다. 살짝 다리가 아픈 것도
좋다.

여기 이렇게 서면 지금 당장 무엇을 해야 할 필요보다도 먼
미래를 생각하게 된다. 먼 과거로부터 내가 여기에 왔구나 하는
생각과 앞으로 다가올 일에 온 마음을 다하고 싶다는 결심이

선다. 이 노래 다음에 저 노래를 들으면, 그 노래가 끝나고 나서도 이만하면 됐다는 생각이 들면, 현관문을 열 수 있을 것 같다.

잠이 오지 않는 밤, 모두가 잠든 밤, 배는 부른데 헛헛한 밤, 뒤척이는 밤. 대부분의 밤은 산책하는 시간이 지켜주었다. 10분만 걸어도 충분할 때가 있고 세 시간을 걸어도 집에 못 들어가겠다 싶은 날이 있다. 그럴 때는 얼마든지 내가 원하는 만큼 걸을 수 있다는 사실이 든든하다. 나는 조금 기진맥진하고 순해져서 돌아온다. 담배를 피우지 않는 사람이 날숨을 보려면 추운 날의 밤 산책이 필요하다.

벚꽃 피는 계절

12월에는 딸기 냄새로 봄을 기다린다. 양파나 대파를 사러 갔다가 그 냄새에 홀리든, 우회전 꺾다가 논산 양촌리 딸기 한 박스 만 원이라고 써 붙인 트럭을 보든 하여튼 딸기를 만나게 된다. 딸기 냄새가 점령한 곳에서 어쩌면 이렇게 빨갛고 향기로울까 싶은 딸기를 산다. 딸기 한 팩 꼭지 먼저 따서 씻으려는데 여기에 베이면 아프겠지 걱정되도록 칼이 날카롭다. 단숨에 서걱 잘라낸 꼭지에서 냄새 주머니가 터진 듯 딸기 향이 난다. 딸기 냄새는 자비가 없다. 한순간에 기분을 바꾸어놓는다는 점에서. 그건 딸기 맛 아이스크림으로 안 되고 과육이 씹히는 잼으로도 안 되고 딸기를 얹은 도넛으로는 더 안 되는 일이다.

대학교 캠퍼스엔 4월만 되면 시험 기간의 권태와 열기가 감돌고 그 위에 달뜬 공기가 덮인다. 연한 색 꽃잎은 며칠만 볼 수 있는데, 이것 말고 다른 모습을 보여준 적 없다는 듯 풍성하고 생생해서 환후幻嗅를 만든다. 꽃이 만개한 벚나무는 바람이 멈춘 아침에 다르고 나른한 오후에 다르고 해 질 무렵 바람을 맞으며 걸을 때 다르다. 친하지 않은 사람과 함께 있을 때 풍경이 다르고 팔을 치며 웃거나 어깨에 손을 가져다 댈 때 느낌이 다르다.

벚꽃이 하늘을 가린 밤이면 이것이 목적인 사람들과 그들이 목적인 상인들이 한데 모인다. 어두운 하늘 아래로 뒷사람 앞사람들의 말소리가 크게 들려서 일행 구분 없이 가까이 걷고 있다는 게 느껴진다. 하나도 새로울 게 없다. 엿장수와 구운 옥수수와

열기구처럼 떠 있는 솜사탕, 거기선 한 번도 사 먹어본 적 없는
커피, 익숙한 글씨체, 꽃 냄새를 압도하는 먹을거리 냄새 사이로
지지 않고 올라오는 풀 냄새.

　한 바퀴 걷고 나면 들뜨는 마음이 가라앉지 않아 어디로든 가야
한다. 머릿속에서 부지런히 떠올리는, 오늘과 어울리는 술집과
가게 들. 다들 조금 들떠 있기를 바라면서 바깥을 볼 수 있는
실내에 가자고 한다. 자연이 만들어내는 거역할 수 없는 기묘함에
항복하려는 심정으로.

　벚꽃 피는 계절에는 하루에 손님이 다섯 명 정도 오는
카페에서 일했다. 손님과 함께 바깥바람이 훅 들어오면서 지척에
꽃놀이하는 소리까지 들리는 듯 생생했다. 벚꽃은 비가 오면
금방 지니까 피어 있는 사나흘간 뻔질나게 다녀야 한다는 게 내
철칙이라 매년 봄 나는 할 수 있는 한 즐겼다. 그런데 이것은 벚꽃
에이드로도 안 되는 것이고 벚꽃 소주로도 안 되는 거라 무턱대고
기다리게 된다.

다음 계절을 기다리는 마음

이름만 보면 또와슈퍼만큼이나 정겨운데 주말만 되면 그곳
앞에서는 주차 요원이 골목까지 튀어나와 방향을 지시했고 날
거기 데려간 사람은 사러가에서 파는 채소들이 유달리 싱싱하다고
했다. 샤인머스캣은 청포도보다 푸른 게 맞고 엿보다 달아야
제값을 하는 거지만, 어딘가 부서져 있어도 좋을 느타리버섯마저
꽃처럼 기세 있고 가지는 수석처럼 빛난다.

　나는 거기서 용가리치킨 대신 식물성 너깃을 샀고 마요네즈
대신 소이마요를 샀고 소이마요에 섞을 딜을 샀다. 분명 마트는
마트인데 오묘해서 검색해보니 과연 셰프들의 천국이자
놀이터란다. 연희동 풍경은 사러가마트에 드나드는 사람들의
계절을 닮은 옷차림과 그 거리의 가게들이 어우러져 내게 왔다.
세련되어야 마땅한 줄 알았던 인테리어 소품 가게는 나이 들어
보이고 반찬가게는 현대적인 이 어긋남이 한 걸음 더 한 골목 더
가보게 했다.

　여섯 시에 문을 닫는 매뉴팩트 커피는 오후 늦게까지 늦잠을
자다 다섯 시 사십오 분에 눈떠 언덕 밑을 굴러 내려갔다 올
정도로 맛있다. 첫 책을 만드는 동안 이 카페도 가고 저 카페도
갔지만 생각나는 것은 가방 안에 구겨져 있던 실비 보험 종이라도
급하게 꺼내 뒷면에 적은 서문. 그날은 삼박자가 맞았는지
신나게 써졌는데 잉크가 다 됐다. 나는 심박이 끊기기 전에 얼른
모닝글로리로 뛰어가서 잉크를 갈아 왔고 그날 서문을 완성했다.

거기서 산 원두는 모카포트로 내리든 핸드드립을 하든 아니면
손바닥에 올려놓고 콩 냄새만 맡아도 맛있지만, 좁고 체계적인
가게 안에서 사람들이 하는 말을 배경 삼아 글을 쓰며 마시는 것이
제일이다.

안에서는 누가 누굴 마주치기도 하고 매일 오는 강아지 손님이
바리스타와 인사하는 보호자를 문 앞에서 기다려주기도 한다.
오랜 대화를 하는 사람과 커피만 받아 나가는 사람이 섞여
혼잡한데도, 평일 낮엔 늘 오던 사람들이 오는 건지 시끄럽지
않다. 이 시간에 회사 안 가고 다 뭐 하는 거지 나 같은 사람인가,
생각하면서 하던 일을 마저 한다.

밤을 기다리게 하는 것은 하나 더 있다. 뒤로 백두산 그림이
쨍하게 걸려 있고 둥글고 긴 등받이 의자가 놓인, 수초뿐인 어항과
살짝 떠 있는지 밟을 때마다 통통 소리가 나는 황토색 장판—그걸
밟고 들어가서 감자튀김에 병맥주를 시키면 좋을 곳. 처음엔
이름에 끌렸다. 프린스호프. 공간에 대한 궁금증은 공간을 가꾼
사람에게 옮겨가기 마련이라 나는 사장님과 말을 나눌 기회를
엿보았지만 감자가 튀겨지는 소리에 맥주만 따르면서 여름에 다시
와야지 했다.

굵고 무성한 나무가 지키고 있는 홍제천을 걷다가 고개를 들면
오두막 같은 정자가 하나 있었는데 거기 들어가 앉으면 보온병 속
생강차가 된 듯이 따뜻했다. 누군가 둘러친 갈치색 보온재 덕분에.
물과 풀과 나무가 어우러진 곳에 가면 벚꽃 피는 날을 기약하게
된다.

친구와 메시지로 무슨 얘길 한참 하다가 물었다. 어디야? 나
연희동. 나돈데. 커피 마실래? 그러면 난 지금 카페여도 더 마시면

징 소리가 날 것 같아도 그리로 간다. 친구가 테이블 위로 내민
것은 이 옆에 연희와인에서 사 온 와인. 내미는 폼이 와인을 스무
병 선물 받고 그중 하나를 건네는 듯 아무렇지 않아서, 정말로
나 주려고 샀냐 물어보았다. 저번에 네가 맛있게 먹길래, 그거랑
품종이 같대. 나는 그걸 내내 곁에 놓고서 옆 테이블이 듣고 있나
중간중간 확인하며 대화했다.

　나 어릴 때 여기서 컸어. 그런 말을 들으면 동네를 한 번 더
보게 되었다. 여기서 살아도 좋을 것 같아. 부자 많이 살아. 그래
보여, 하고 웃음. 내가 그날 "짜증 나네"까지 말했던가? 이름 뜻을
찾아보게 되는 연희동의 여름은 강가에서, 강가가 내려다보이지
않아도 좋을 작은 커피숍에서. 겨울은 이자카야나 눈 쌓인
공원에서. 가을은 모과가 떨어지는 길목에서. 봄에는 안 가봤다.
그러니 어떤 곳은 사라지면 안 된다.

계곡에 갔어

어 가을이 오나 봐 아침저녁으로 착각하게 되는 8월 말. 나는 늦은 질문을 했다. "발 담그고 놀 만한 계곡 알아 언니?" 구석구석 잘 살피고 다녀 여행에 빠삭한 지인은 금방 답을 내놓았다. 동학사 동월계곡. 이름이 마음에 들었다. 뜻 있는 한자어 같으면 일단 좋았다.

중학생 때는 친구들이랑 계곡 가는 게 일생일대의 이벤트였다. 엄마 아빠가 비교적 너그러운 친구네 차를 얻어 타고서 바람에 앞머리 까져가며 흑석리든 수락계곡이든 도착지도 모른 채 따라갔다. 그저 내가 아는 그런 계곡이겠거니. 차가운 물이 바위 사이로 콸콸 쏟아져 내려가는 그 모습이겠거니 기대하면서. 이 기분을 충분히 느끼도록 계곡 가는 길이 짧지도 길지도 않았으면 하는 맘.

친구 어머니가 우리를 내려주었고 우리는 짐을 내렸다. "딴 데서 놀러 온 오빠들이 쌈장 빌려달라고 말 걸면 대꾸도 하지 마." 그 말은 유머 같고 조언 같았다. 나는 새삼 그 생생한 표정과 단호한 말투를 떠올리며 그런 곳에서 그런 식으로 만나는 거 참 웃기겠다고 생각한다.

물에 들어가는 걸 기대하는 것만큼이나 물에서 나온 뒤 먹게 될 것들에 서둘러 입맛 다시던 어린 날에는 아이스박스에 뭐가 들었는지가 궁금했다. 포카리스웨트랑 게토레이가 있으면 좋다. 물장구라는 말은 계곡에 더 어울리고 시원한 계곡물에 수박

담가놨다가 물에 불은 손으로 쩍쩍 쪼갠 뒤 볼에 묻는지도 모르게 허겁지겁 먹는 것도 여름 계곡에서 할 수 있는 일이다. 기운 쏙 빠지게 놀고 나오면 가스 불 타닥타닥 켜서 물 펄펄 끓이고 익숙하게 매운 냄새가 코를 찌르는 라면 스프 털어 넣는 거다. 사람 수보다 두 개는 더 끓여야 결례가 아니다.

동월계곡에 가는 날은 8월 25일 일요일. 나는 왜 늘 여름의 막바지에 부랴부랴 물가에 가는가 하는 의문. 재작년 여름 해 지기 직전에 겨우 찾아 들어갔던 깊은 계곡의 장면과 소리.

올해의 계곡을 만나러 가기 전에 나의 마지막 계곡을 떠오르는 대로 적어본다. 그때 나는 산 중턱에 주차하고 오르막길을 좀더 걸어 올라갔다. 서늘한 산속이었어도 걷다 보니 목이 말랐는데, 과일이라도 좀 사올걸 후회하기에는 애당초 예정에 없던 일이었다. 조수석에 친구 태우고 목적지 없이 달리다 문득, 우리 물 한번 못 보고 여름을 보내겠다고 서글퍼하다가 네이버 지도를 켰다. 여기선 시끌벅적 짝짓기 한창일 대천해수욕장도 가깝지만 그날은 그보다 어둡고 깊숙한 계곡에 가고 싶었다. 그게 필요해서.

땅바닥에 잔열 정도 남은 오후 일곱 시쯤이었나. 계곡의 저녁은 다른 산보다 생동감 있고 으스스했다. 곰이 내려올지도 모르니 조심하라는 안내판이 너무 옛날 것 같다며 한마디 얹기도 하면서 물소리 따라 올라갔더니 오른쪽 아래로 좁고 길게 뻗은 계곡이 보였다. 바다는 옆으로 넓고 탁 트여 있어 파란색 면처럼 느껴지는데, 계곡은 아래로 좁고 뾰족해 어둡게 그린 선 같았다.

길이 따로 없는 곳에서 내려갈 길을 찾으려면 사람들이 내어놓은 길을 찾아야 한다. 흙에 묻힌 돌을 발끝으로 살살 헤치며 밟아 내려가니 맑은 물 밑으로 진한 초록색, 진한 회색, 군데군데 하얀색이 보였다. 계곡물은 바닷물과 다르게 발만 담가도 갈증이 가셨다. 계곡은 첨벙첨벙이 아니라 찰박찰박. 손으로 물을 떠서 팔에 끼얹고, 심장과 먼 곳부터 천천히 적셔야 한다는 걸 알면서 친구한테는 물 튀겨도 보고 끼얹어도 보고 아예 손목 잡고 힘줘서 끌어내리기도 하다가 올라갈 때는 손을 잡는다.

놀이터에서

어릴 때 나는 동네 놀이터에서 저녁 될 때까지 모르는 애들이랑
흙장난하며 놀았다. 저녁이 되면 엄마가 부르는 소리에
애들은 하나둘 집으로 돌아갔다. 초저녁의 시원한 공기와
미처 빠져나가지 못한 열기가 섞이는 순간의 아쉬운 흙냄새를
생각한다. 애들은 내일이나 되어야 다시 와. 여기서 기다리지 말고
집에 가면 되잖아. 우리 집은 저기 어디쯤인데.

식물원 옆 카페

여긴 한국보다 한 시간 느리다. 친구는 한 시간 벌었네 했고 나는
돌아가면 한 시간 뺏겨 했다. 시차는 겪을 때마다 신기하다.
원리는 배워서 알지만 알아도 신기한 게 있다. 그걸 신비라고
부를까? 신비한 것을 만나는 여행을 기대했다.

타이베이는 빨간색과 초록색과 회색이 그럴듯하게 어울린다.
가장 먼저 눈에 띄는 것은 초록색인데, 눈에 걸리는 건물마다
3층 높이 정도로 낮고 나무는 3층 정도로 크다. 올라가 앉으면
창밖으로 너울대는 나무의 모습을 감상할 수 있을 것이다.
빨간색은 보통 눈을 아프게 하지만 이곳의 부지런하고도 강렬한
햇빛이 빨간색의 기운을 쏙 빼놓았으므로 어딘가 부드럽게
빨갛다.

거기서 '혼인평권婚姻平權'이 한자로 쓰여 있는 가방을 매일같이
메고 다녔다. 한국에서도 이 가방을 줄곧 들고 다녔지만, 호텔로
돌아가는 버스에 서 있을 때, 북적대는 야시장을 지날 때,
투닥거리는 커플을 길에서 볼 때, 하교하는 학생 무리를 빙수
가게에서 볼 때 가방을 꽉 쥐고 글자가 잘 보이도록 고쳐 메는
기분은 대만에서만 느낄 수 있다. 결혼한다는 것이 사랑한다는
의미는 아니지만, 결혼할 수 있다는 것은 사랑해도 된다는 의미다.
그 사실은 제철인 애플망고 맛만큼이나 달콤하다.

제철 과일의 맛은 강력해 혀 하나로 감당이 안 된다. 한국의
복숭아가 그렇고 대만의 망고가 그렇다. 술과 안주를 사러 마트에

갔다가 애플망고를 샀다. 칼로 살살 깎는데 즙이 팔을 타고 흘렀다. 마지막엔 칼이 필요 없었다. 칼집을 살짝 내면 껍질이 부드럽게 벗겨졌다. 과육을 뭉개지 않으려고 맨손으로 망고의 뼈를 잡고 뜯어 먹었다. 망고에 코 박고 허겁지겁 먹으니까 얼굴에서 망고 단내가 풀풀 났다. 와 씨, 질리게 먹었다. 배 두드리고 잠든 게 어젯밤인데. 나는 오늘 슈퍼에 들러 손질된 망고를 사서 서서 먹었다. 쨍한 햇빛과 날카로운 에어컨 바람에 번갈아 시달려선지 관자놀이가 지끈지끈했는데 이건 아이스커피로도 안 나을 통증이었다. 이럴 땐 제철과일을 먹어야 한다. 뚜껑을 까고 안에 들어 있는 작은 포크로 주황색 망고를 푹 찔렀다. 입 가까이 통을 받치고 손바닥 반만 한 걸 한입에 넣었다. 잘 익은 망고 향이 빈틈없이 들어찼다. 망고는 이와 혀에 닿자마자 쉽게 뭉개졌다. 나는 슈퍼 앞에 서서 열심히 먹었다. 달아도 너무 달아서 꼭 탄산 맛이 나는 것 같았다. 1분도 안 돼서 먹어치웠고 도로 들어가 그릇을 버리자 감기 기운이 달아났다.

국밥 먹듯 후루룩 망고를 먹고서 배가 부른 상태였는데도 맛있는 커피는 잘 들어갔다. 5일 여행하는 동안 같은 카페를 두 번 방문했고, 호텔에서 카페까지는 전철로 35분쯤 걸렸다. 식물원 쪽문으로 나와 골목 따라 걸으면 나오는 식물원 옆 카페라는 것과 음식을 팔지 않아 냄새가 없다는 것이 마음에 들었다. 모르는 여행지에서 마음에 드는 카페를 찾기란 쉬운 일이 아니고, 조용하지만 나긋하고 친절하지만 멀리 있는 주인을 찾기는 한국에서도 어렵다. "이곳의 노래는 백색소음 수준의 재즈풍이며 당신이 책을 읽거나 혼자서 작업을 할 것이라면 매우 좋은 공간이다." 구글맵 리뷰는 가끔 진실을 말해준다.

카페 내부는 어둡고 주황색 조명이 천장 군데군데 맺힌 것처럼 달려 있다. 커피 내리는 공간과 맞닿은 바 자리에 앉아 주인이 커피도 내리고 잔도 닦고 조용히 움직이는 것을 느끼며 글을 쓰고 있다. 핸드드립은 뜨겁게만 먹을 수 있다고 하니 어쩐지 믿음직스러웠지만 나는 아이스아메리카노를 시켰다. 카페는 인도보다 한 단 높아 거리를 내다보고 있어도 먼 데를 보는 것 같다. 자전거와 오토바이가 서 있고 어디로 고개를 돌려도 나무들이 보이며, 가끔 샛노란 택시가 보인다. 뭘 하다가 고개를 들었을 때 잔을 닦는 주인의 뒷모습을 보게 되는 것이 마음에 든다.

모든 게 적당하지만 누군가 문을 벌컥 열고 들어온다면 나는 글을 그만 쓰고 식물원으로 걸으러 갈 것이다. 가서 연잎이 있는 연못 앞에 걸터앉아 말없이 있어도 좋겠고, 물을 겁주듯 발을 디뎌보는 여자아이를 보면서 웃어도 좋겠고, 그보다 더 큰 소녀가 과자를 먹으며 수면 아래를 보고 있는 걸 보아도 좋겠다. 아주 커다란 나무들이 제멋대로 자라서는 바람 따라 흔들리는 걸 보면서 우리가 보지 않을 때도 흔들리겠지? 상상해도 좋겠다. 해 질 무렵 이곳에서 아는 누군가를 만나 느린 걸음으로 식물원에 간다면, 손바닥만 한 잎사귀 사이로 주황빛이 번지는 걸 함께 보고 분사된 물이 만들어내는 몽환적인 풍경에 관해 말하게 될 것이다. 약속하고서 할 수 있는 일이지만, "여기서 만나 커피 마시고 식물원 갈래?" 묻고 싶지는 않다. 무엇도 정하지 않고서 마음이 맞아들어가는 초저녁이 평화와 어울린다.

여행지에서는 지폐가 낯설고 거리의 향기가 낯선데, 모르는 식물은 낯설지 않다. 아름다운 것을 잘 보는 사람과 식물원에 갔다가 이곳 카페에 들러 맛있는 커피를 마시면 좋을 것이다. 엄연히 이름이 있는 이곳을 나는 내내 식물원 옆 카페라고 부르며 좋아할 테지만, 주인은 그걸 모를 것이다. 여기 있는 동안 애플망고를 많이 먹고 나무를 많이 보고 그리운 사람들을 생각하며 선물을 많이 샀지만, 이것도 모를 것이다.

바람 부는 날이면

커피를 한잔 마셨는데도 머릿속이 개지 않으면 금강휴게소에 가야
한다. 휴게소 드라이브가 주는 신선함은 남들의 경유지를 나는
목적지로 삼는다는 데서 온다. 목적지가 된 금강이라면 마음 놓고
내려다볼 수 있다.

드라이브라는 말은 어디에 붙여도 근사하지만 금강휴게소에
가자. 얼굴이 익는 건 싫어도 풍경은 밝은 게 좋다면 네 시쯤 간다.
삐거덕거리는 나무 바닥을 밟아 올라가면 휴게소 음식을 파는
건물이 나온다. 철판에 굴린 감자를 지나 아이스아메리카노 파는
카페를 지나 감말랭이와 포도즙 등 당장은 먹을 수 없는 식품을
파는 매장을 지나 등산복 상설 매장도 지나면 나오는 풍경이야
어느 휴게소든 비슷하지 싶은데, 그 뒤로 느껴지는 강의 존재감이
이곳을 다르게 만든다.

휴게소는 강 위에 지은 것처럼 어딜 걸어도 강과 산이 보인다.
강물은 진한 초록빛으로 보인다. 휴게소 밑으로 천변 따라
포장마차가 늘어서 있다. 튀김, 수제비, 파전 따위를 판다.
포장마차 이름과 메뉴가 적힌 현수막은 원색이었지만 빛에 색이
바래 편안하게 내려다볼 수 있다. 강과 함께 눈에 들어오는
봉우리는 서밭산이다. 휴게소 식당 테라스 쪽으로 파라솔 달린
테이블이 적당한 간격을 두고 쭉 늘어서 있으니 양쪽에 사람 없는
자리 골라 앉으면 된다.

금강휴게소는 위험해지지 않으면서 강과 가까이 있을 수 있는

곳이다. 무얼 찾아 얼마나 달려왔든 강 앞에서는 느긋해진다.
강을 바라보는 일이 좀처럼 지겨워지지 않는 것은 물이 계속
변해서일까. 강이 어디서부터 어디까지인지도 모르겠고 물은 계속
흘러서 내가 본 것을 또 볼 수 없게 한다. 이 세계가 부족하다고
느끼는 사람이라면 호두과자 냄새 진동하는 휴게소 한복판에서도
판타지를 구하게 되는데, 강물과 산은 뭔가 주었다가 도로
가져간다. 자리 털고 일어날 땐 찾은 것도 잃은 것도 없이 알맞은
기분이 된다.

유성

유성은 오래된 혜성이 흘리고 간 부스러기라는데 대전에선
지명으로 쓰인다. 이름은 예쁘지만 불량배가 많고 불량배가
운전하는 봉고차에서 옛날에「뮤직 뱅크」에서 본 것 같은 화장을
한 사람들이 내린다. 이에 꽂은 이쑤시개를 혀로 움직여가며 말도
하는 아저씨들과 바로 그 불량배들이 마주치는 순간, 나는 화산이
폭발할 것 같은 두려움에 축지법을 쓰고 싶기도 하고 구경하고
싶기도 했는데 웬걸 그들은 누구보다도 친했다.

　놀러 오세요. 당구만 치고 갈게요. 귓등으로 들어도 알 것 같은
이 대화는 밤의 강을 더욱 어둡게 만들고 제우스니 궁녀니 하는
간판을 이해하게 한다. 알라딘은 서점이 아니라 술집 이름이다.
언제든 받아주나 바로 그 이유로 꺼칠한 콩나물국밥집 직원들의
졸음과 피로를 헤치고 한자리 차지한다.

　옆 테이블에서는 바로 그 술집 중 한 군데서 함께 나왔거나
거기서 만났던 관계인 듯한 사람들이 새벽을 늘이고 있는 것을
볼 수 있다. 남자는 음식을 주문하려는 여자를 말리고 대신 집에
가져갈 것을 포장한다. 여자는 그 음식이 남자의 자식 입에 들어갈
거라는 것도 알고 몇 년째 말로만 이야기하는 이혼을 결코 하지
않을 비겁자라는 것도 아는지 쾌씸한 눈치다. 난 속으로 편을
들면서 남의 피로도 내 피로로 쌓고 있고 여긴 저마다의 결핍으로
피로해지는 밤이자 낮에도 밤을 준비하는 비린 술판의 거리다.

　국화축제가 잘돼서 그걸 기획한 공무원 어깨에 힘이 들어갔거나

말거나 굵고 실한 벚나무가 끝없이 마주 보고 서서 벚꽃 흐드러진 날 그 사이를 10킬로미터로 달리면 신선이 된대도, 그 밤거리가 살아 있는 동안 유성은 러시아 어쩌고 전단과 가래침과 중앙선을 가로지르는 거구들로 미운 꼴이다.

새벽마다 봉고차가 줄을 서는 사거리 한복판에 집이 있다고 하면 거긴 둘 다 위험해도 꼭 한 명이 데려다줘야 맘이 편하다. 난 그곳에서 겁도 없이 취했고 벤치에도 누웠다. 술집은 돈만 쥐고 가면 이상한 눈치로 볼지언정 자리만은 평등하게 내어주니, 벌건 얼굴로 육담과 패담을 오가는 중년의 세상에 끼어서 주인이 아리송해하다 내오는 오이나 비트 같은 것을 씹으며 술을 따랐다. 인조 벚나무와 신고하면 잡혀갈 것 같은 성희롱성 옛날 포스터와 …… 나.

유성은 낭만적일 수 있었다. 새벽 두 시에 퇴근하는 친구를 조수석에 태우고 세종 호수공원까지, 어떤 날은 가로등 하나 없는 대청호까지 달릴 수 있는 방종한 곳이다. 고등학교 동창과 초등학교 동창을 번갈아 마주치고 술기운에 전에 없던 반가움까지 끌어다 환호할 수 있는 곳이다. 그리고 상대도 어 이렇게까지 날 반기다니, 당황하면서도 감동하며 카카오톡 숨김 친구에서 날 꺼내놓고 "오늘 반가웠어"라고 메시지를 보낼 수도 있을 것 같은. 홈플러스에서 와인과 과일을 사다가 유림공원에서 돗자리도 없이 앉아 병나발을 불다가 그대로 들고 천변을 걷기에도 좋다.

**

반바지에 슬리퍼 차림으로 유성 천변을 어슬렁거리는데 머리 위에서 밤밤거리는 드럼 소리가 났다. 이건 충남대 밴드 동아리가 노천에서 연주하는 성실한 드럼과도 다르고 교회 성가대가 치는 반주와도 다른, 오로지 사람을 신나게 하기 위해 마련된 드럼이었다. 홀린듯 가까이 가보니 1990년대를 풍미한 백지영의 댄스 곡이 나오고 있었다. 바로 어제도 들은 노래였으니 난 들어갔다.

소리는 방음벽에 갇혀 나오질 못하고 있었지만 지축을 흔들어대는 진동으로 그 속의 열기를 짐작할 수 있었고 열은 옷차림이나 방금 먹은 식단, 내일의 스케줄과 상관없이 우리 몸에 옮겨붙었다. 들어갈까? 한 잔만 먹자.

3000킬로미터 상공으로 솟은 것처럼 귀가 멍했고, 몸을 흔들어대는 사람이 많은 것치고는 안이 시원했다. 빨간 커튼이 양쪽으로 걷혀 있으니 가운데는 무대였다. 무대 뒤로 이렇게 쓰여 있었다. 그레이트 개츠비. 어두운 가운데 직원이 안내하는 테이블 자리에 앉았다. 이 가게 사장님은 1920년대 호황을 누리던 미국 정취에 향수를 느끼는 것일까 의중이 궁금했다.

한쪽에 공연 시간표가 쓰여 있었다. 아홉 시부터 열한 시까지. 지금은 열 시. 등 뒤에선 청남방 입은 여자분이 흥에 겨워 같이 추자며 팔 사이에 나를 가득 담아 춤을 추고 저 멀리 테이블에선 신이 난 다른 여자가 옆 테이블 여자와 춤을 추고 바에 앉은 남자는 바와 가까운 테이블에 앉은 여자에게 말을 걸더니 칵테일을 돌리고 있었다. 나는 생각을 했다. 나를 지켜보는 나를 죽일수록 내가 느낄 수 있는 현재가 넓어지고 노래는 더 신나지는데, 그걸 못하고 한곳에 정박해 이별한 사람처럼 술잔을 만지며 어디 먼 데 보는 것처럼 무대를 봤다.

셔츠 자락을 올려서 복근을 보여주는 이 가수는 낮에 헬스를 하는 걸까. 무대에 오른 이들은 음악 동아리에서 만난 걸까 지인 소개인가. 나는 그들이 다시 보고 싶어서 이번에는 이곳을 목적지로 정하고 유성에 갔다. 오늘은 드럼이 새로 왔네. 빅뱅 노래가 나오는데도 열심히 몸을 흔들어젖히는 사람들이 있네. 윤미래처럼 랩을 하는 래퍼가 있네. 이 노래도 불러주고 저 노래도 불러주면 좋겠다. 밤무대에 왜 이렇게 마음이 묶이는 걸까. 이름을 알아본 적 없는 가수들이 열창하는 곳이라 그럴까. 어디 휴양림 공원에서나 추부 하늘물빛정원에서 시간표대로 무대에 서는 이들을 꼭 찾아보게 된다.

손가락 마디마디 분홍색

미로는 좋은 애가 아니었다. 하지만 언제나 좋은 사람을 좋아하게 되는 것은 아니다. 고등학교를 졸업한 뒤 미로와 무리 지어 다니던 애들을 마주칠 때가 있는데, 그날은 미로를 생각하는 날이다. 좋은 애가 아니라서 나는 그 애 생각을 오래 하게 된다. 생각을 오래 하는 것은 신호다.

미로의 외모를 설명할 필요는 없을 것 같다. 미로가 특별한 아이인 것은 얼굴이나 몸이 아니라 몸의 온갖 구멍에서 뿜어져 나오는 기운 때문이다. 1학년 1학기 첫날, 벙벙하거나 꽉 끼게 줄인 교복을 입고서 손거울을 보거나 서로에게 눈짓 손짓을 보내는 애들 사이로 누가 걸어왔다. 한쪽 어깨에 가방을 걸치고서 설렁설렁 걸어오는 폼이 이삼 학년쯤 돼 보였다.

이름이 미로라는 것을 알게 되었을 때, 그 이름을 친근하게 부르는 나를 상상하게 됐다. 말 걸어볼 틈도 없이 미로는 교실에 오면 엎어졌다. 그 애 눈에는 무엇도 중요하지 않은 것 같았다. 수행평가나 벌점, 입시나 급식 메뉴, 옆 학교 남고생들의 존재나 같은 반에 누가 있는지 하는 것도. 자신이 아무에게도 보이지 않을 거라고 생각하는 사람 같았다. 그것이 미로를 특별하게 만들었다. 전날 밤엔 무얼 하기에 교실에서 잠만 자는지, 두 팔을 베개 삼아 머릴 파묻고 나면 그 앤 교실과 무관해졌다. 허리 아래로 교복 셔츠가 삐져나오든 살이 보이든 관심 없는 듯했다. 문제는 내가 관심 있다는 거였다.

나는 미로의 움직임을 저장하기 시작했다. 어디 있든 눈으로 그 애를 좇았다. 미로는 피구나 인간 뜀틀을 할 때도 신발 뒤축 꺾어 신는 습관을 고치지 않아, 체육 선생님한테 몇 번이나 맞을 뻔했다. 자전거 타기 수행평가를 할 때는 교복 치마를 입고 등장해 모두를 당황하게 했지만 점수로는 일등을 차지해, "얄미운 새끼, 체육복이나 제대로 입으면" 정도의 구박을 당하는 것으로 마무리되었다.

미로는 기이한 행동을 했다. 급식으로 스파게티가 나와도 깨작거리기만 하고, 어떤 날엔 학생 주임이 애완하는 살구나무에 올라가 살구를 잔뜩 따 왔다. 그걸 애들에게 나눠주고 자기도 볼에 다 묻혀가며 먹어서 한바탕 난리가 났다. 어떤 날엔 교실 뒷문을 꽝 닫으며 들어와 열려 있는 사물함 문짝을 부술 듯이 처닫으면서 괴성을 지르기도 했다. 반장이 나서서 미로를 뜯어말렸지만 미로는 흘겨보는 애들 옆으로 가서 문제집을 빼앗고는 바닥에 팽개쳤다.

미로가 가끔 교실 분위기를 살벌하게 만들거나 제멋대로 굴어도 애들은 미로를 내치지 않았다. 오히려 보살피고 싶어했다. 나도 그런 애들 중 한 명이었다. 미로가 점심을 굶고 자는 날엔 몰래 사물함에 빵과 우유를 넣어놓기도 했다. 미로의 기벽을 모두가 용서하는 이유는 미로의 입가에 팬 보조개 때문인지도 몰랐다. 웃을 때 잠깐 보였다가 사라지는. 사람들은 그걸 보고 싶은 거야.

어떤 날에 미로는 미친 사람처럼 굴었다. 애들이 꾸벅꾸벅 조는 5교시에 미로는 의자를 뒤로 쭉 빼더니 벌린 다리 사이로 고개를 처박았다. 손을 깍지 끼더니 빠르고 낮은 소리로 알아들을 수 없는 말을 중얼거렸다. 뭐 하냐 너. 선생님은 몇 번 경고를 하다 칠판지우개를 던졌다. 미로의 중얼거림은 크고 빨라졌다. 선생님이 성큼성큼 걸어가 미로의 귀를 잡아당겨도 미로는 멈추지 않았다. 해보자는 거구나. 선생님은 미로의 귀를 잡고 빙빙 돌렸다. 몸이 거의 빙빙 도는데도 미로는 계속했다. 깍지 낀 손을 놓지 않았다.

미로를 딱 한 번 만져본 적 있다. 엎드려 자던 미로가 손바닥으로 뒷목을 쓸더니 주위를 둘러보았다. (나는 재빨리 그쪽을 안 보고 있던 척했다.) 잠이 덜 깬 눈으로 내게 물었다. 너 손톱 길어? 뭐라고 말할까 고민하는데, 목걸이에 머리카락이 걸려 따가우니 뒤로 와서 목걸이를 풀어달라고 했다.

미로에게 가는 동안 애들이 했던 말이 생각났다. 걔 술집에서 일한다더라, 새아빠가 골프채로 걔 때린다더라, 안 보이는 데만 골라 때리는데 허벅지에 피멍이 들어 있는 걸 봤다…… 미로가 뒷목을 세차게 긁어 붉은 선이 생겼다.

손이 그 선을 건드리지 않도록 조심하며 얇은 줄을 들어 올렸다. 내쉬는 숨이 목덜미에 닿지 않도록 숨죽이며 두 손으로 고리를 더듬었다. 아무것도 느끼지 않으려 했는데 후각은 속수무책이었다. 나는 너무 조심하고 있었다. 가까이 있는 것뿐인데 친해진 것 같은 기분이 들었다. 들뜨지 말아야지, 작아서 잘 안 되네, 생각하고 있는데 미로가 돌아보며 말했다. 너 숨 안 쉬어? 고리를 놓쳤다. 아, 하는 사이 미로가 웃었다. 야 이 새끼 숨 안 쉰다? 애들한테 말하면서 웃었다. 미로가 나를 다른 애들처럼 대한다는 사실이 수치스러웠다. 왼쪽 볼에 팬 보조개가 보였다. 혼자서 미로를 생각하는 일도 그만두어야 할까 심각해졌지만 침착하게 목걸이를 풀어 미로의 책상 위에 내려놓았다. 긴장했어?

65

등 뒤로 미로의 목소리가 들렸다.

들킨 것 같았다. 나도 미로를 당황하게 만들고 싶었다.

기회는 준비되지 않은 날에 왔다. 저녁 시간에 나는 모의고사를
준비한답시고 밥 대신 빵을 먹으며 문제집을 풀고 있었고,
미로는 가방을 싸는 중이었다. 문제집을 보고 있었지만 미로가
어디를 어떻게 움직이는지 보였다. 보기 싫었다. 문제의 답을
알고 싶었다. 13번 문제를 읽다가 14번 보기를 읽다가 15번 표에
동그라미를 치다가…… 창을 타고 시원한 바람이 들어왔다. 빈
책상들을 쓸고 내게 불었다.

말 걸고 싶었다. 이런 날씨에, 둘만 있을 때. 몇 가지 버전으로
할 말을 준비했다. 네 친구들보다 웃기게, 관심 가도록 차갑게,
그것도 아니면 무지무지 다정하게. 그러나 현실이 되지 못한
상상은 불충분하게 끊어졌고, 현실은 꿈같아 분간이 안 됐다.
할 말을 고르는데 미로가 옆으로 바짝 다가왔다. 쪼그려 앉더니
책상에 얼굴을 걸쳤다. 이거 재밌어? 웃기게 차갑게 다정하게,
하나도 생각 안 나. 나는 내려다보지 않고 말했다. 아니, 해야 돼서
하는 거야. 그럼 뭐가 재밌는데? 미로가 나를 올려다봤다. 나, 잘
모르겠어. 쾅. 마지막 기회일지도 모르는데. 너랑 얘기하는 거?
웃었던가 내가. 미로가 내 말을 따라하며 웃었다. 나랑 얘기하는
거? 일어나서 가방을 둘러맸다. 나는 미로를 바라봤다.

있잖아 너 보조개 있다.

근데 잘 안 보여.

너 웃을 때, 잘 보면 보여.

네가 잘 봤나 보네.

미로와 나의 대화는 갈수록 속도가 붙고 탄력이 생겼다. 미로와

말하면 내 말투가 달라지는 것 같았다. 새로운 말투가 마음에
들었다. 심장이 뛰면서 덩달아 아랫입술에서도 맥박이 느껴졌다.
아랫입술이 뜨거워져 살짝살짝 핥았다. 미로는 인사도 없이 갔다.
그 뒤로 학교에 오지 않았다. 책상 위 명찰, 책상 서랍 속 사탕
껍질과 샤프심 통, 구겨진 종이, 책상 밑 실내화. 흔적에서 그 애를
추출하고 싶었다. 없는 것을 있는 것처럼 좋아하기 위해 생각을
했다.

혼잡한 졸업식 날에도 나는 미로를 떠올렸다. 꽃다발을 받아들
때, 카메라 앞에서 어색한 미소를 지을 때, 친구 가족들에게
인사할 때. 미로의 현재를 상상해보았지만 그려지지 않았다.
문제를 잔뜩 만들고 다니면서도 교복 셔츠에 타이, 조끼까지 갖춰
입고 다니던 그 애가 학교 밖에서 어떤 모습일지 나로선 상상할
수 없었다. 내가 모은 그 애의 특징은 그 애에 관해 아무것도
말해주지 않는 것 같았다.

미로는 몇 년 전에 사라졌는데, 미로를 잃는 건 지금이라는
생각. 나는 대학에 가서도 고등학교에 무언가 두고 온 것 같은
기분을 느꼈다. 선생님께 인사하러 간다는 핑계로 곧잘 모교를
찾았고, 길 가다 불 꺼진 학교를 보면 들어가서 운동장을 돌았다.
어딘가 미로가 있기만 하다면 다 괜찮을 것 같았다.

진실 게임

그 애의 이름이 영이라는 걸 잊어버리지도 않는다. 초등학교 6학년 아이에게 인상이 있다는 건 그 애가 살면서 겪은 난처함의 크기를 유추하게 했다. 초등학교를 졸업한 뒤 친구들끼리 만나는 자리에서 그는 종종 웃음거리로 언급되었다. 블루베리, 딸기, 초콜릿, 멜론 향이 나는 색깔 펜 냄새를 맡다가 코밑에서 터트려버려 턱까지 물들어버린 애가 바로 걔라고.

우리 담임선생님은 어떤 수업이든 손 들고 발표하는 걸 독려했다. "의사가 될 준호가 발표하겠습니다" 따위의 선언을 한 뒤 의견을 말하게 했다. 선생님은 교탁 밑에 노래방 새우깡만 한 사탕 통을 넣어놓고 기발한 발표를 한 친구들에게 상점 스티커와 함께 사탕을 하나씩 주었다. 의사가 될 준호와 검사가 될 상현이가 사탕을 모으는 동안 헤어디자이너가 될 영이의 의견은 알 수가 없었다. 영이에게도 발표할 기회가 오긴 했다. 3분단이 순서대로 발표하는 시간에 1분단에 앉은 의사가 될 준호가 몸을 틀고 앉아 영이의 입을 의기양양 쳐다보는 동안 영이는 "헤어디자이너가 될 영이가 발표하겠습니다" 말한 뒤 짝꿍을 보며 난처해하더니 "잘 모르겠어요"로 끝맺었다. 영이는 상점 스티커를 받을 기회를 번번이 날렸다.

어느 날은 영이가 연락이 안 되니 영이를 찾으러 가자, 하던 친구의 손에 이끌려 영이를 찾으러 갔다. 그의 집은 주택에 사는 뒷문파와 아파트에 사는 앞문파 모두 속할 수 없는, 어디에 사는지

설명하려고 들면 듣는 사람이 갸웃할 만큼 애매한 곳이었는데,
사람들이 오르지 않는 작은 산 아무도 놀러 오지 않는 개울가에
판자를 둘러친 집이었다. 그래서 그 애의 집 안에는 굴곡이
있었다.

들어가보니 별일 없이 컴퓨터로 세이클럽을 하는 영이가
있었다. 영이는 놀라지도 않았다. 생리를 하는데 집에 생리대가
없고 아빠에게 생리한다고 말하기도 좀 그렇다고 했다. 영이는
자기가 자기를 보살피는 애 같았다. 밖에 나가자, 셋이 바지에
흙을 묻혀가며 내려간 물가는 고요하고 예뻤다. 적당히 앉을
만한 데가 있었다. 구멍가게에서 할머니가 비죽 고개를 내밀어
근심스러운 표정을 지어 보였지만 영이가 별생각 없어 보여 나도
괜찮았다.

우리는 거기 앉아서 진실게임을 했다. 사실 나는 엄마가 없어.
그래? 나는 엄마가 싫어. 나는 동생이 싫어, 엄마가 안 볼 때 때린
적 있어. 우린 나중에 어떻게 될까. 이야기를 한참 하다 보면
학원에 갈 시간이 와도 학원 가는 게 시시하게 느껴졌고 안 가도
된다고 말하면 영이가 신나했다.

선생님이 종종 교실에서 친구들을 찍어주곤 하던 신형
디지털카메라가 사라진 일이 있었다. 선생님은 배신감에 떨면서
모두 눈을 감으라고 했다. 지금 손을 들면 없던 일로 할 테니 손을
들라고 했다. 모두가 눈을 감았으리라고 어떻게 믿을 수 있겠어.
그날 영이에게는 또 한 번 인상이 생겼을 거다. 내가 해줄 수 있는
것은 눈을 감는 것밖에 없었다.

누군가 진땀을 뺀 오후, 나도 종종 교탁 밑 사탕 봉지에 손을
넣어 한 개씩 사탕을 훔쳐먹곤 한다고 말했다면 그 애가 웃었을까.

손에 잡힌 것이 멜론 맛 나던 하얀색 사탕일 때 제일 좋았다. 의사가 될 준호가 사탕을 받고 뿌듯한 표정으로 돌아와 자리에 앉을 때도 그런 생각을 했다. 하얀색이 아니라 다행이라고.

발표를 잘해서 상점을 받으면 이름 아래로 스티커가 늘었다. 상점을 많이 받은 다섯 명의 아이는 마침내 선생님과 영화 볼 기회를 얻을 수 있었다. 나는 의사가 될 준호와 변호사가 될 세인, 교수가 될 보람이와 함께 선생님의 차를 얻어 타고 영화관에 갔다. 애들은 쫑알쫑알 선생님에게 말도 잘했고 애들이 말하면 선생님이 푸하하 웃기도 했다. 엘리베이터를 탈 때나 영화관에 입장할 때 꼬리에서 끊기지 않도록 유의하며 속도를 맞췄다. 가서 「인크레더블」이라는 만화영화를 보았는데 자꾸만 시계를 보게 됐다. 영화가 끝난 뒤 선생님은 「인크레더블」 캐릭터 판 앞에 서보라고 한 뒤 우리 사진을 한 장 찍어주었다.

영이는 언젠가부터 학교에 나오다 말다 했다. 영이를 소개해준 친구는 집에서 꼼짝없이 학습지를 푸느라 셋의 만남을 주선할 수 없었다. 혼자서 그 집을 찾아가기엔 용기가 나지 않았으므로 우리의 진실된 만남은 그걸로 끝이었다. 비늘처럼 빛나던 강가의 흰색 시멘트 위에 앉아 너는 뭘 잘하니까 이걸 하면 되겠다 서로 치켜세워주고 고민을 말하던 일, 우유 급식 진짜 싫지 않냐, 말하고 제티 타 먹으면 좀 낫다고 말하던 일이 만화영화보다 더 재밌었다. 교실에서는 의사가 될 준호나 검사가 될 상현의 표정이 당당했지만, 나는 그들이 의사가 되었는지 검사가 되었는지 궁금하지 않았다. 영이가 잘 살고 있는지 궁금했다. 선생님이 붙여주던 상점 스티커는 사탕 옆에 있다고 알려줄 것.

수업

학교에서 내가 마지막으로 본 친구의 이름을 미래라고 하자.
미래는 수업 중간쯤부터 주변에 있는 애들과 한 명씩 눈싸움을
하더니, 한 친구를 노려보는 채로 줄줄 울었다. 보통 수업
중에 누가 울면 애들이 쪼르르 나와서 "선생님 ○○○ 울어요.
○○○이 괴롭혀서요"라고 말해주는데, 이번엔 아무도 말해주는
아이가 없었다. 나는 상남자와 치얼 업이 어디가 문제고 어떻게
문제인지 알려주어야만 했으므로, 일단 "누가 싸우니, 수업
끝나고 담임선생님께 말씀드린다" 그랬지만, 내내 신경이
쓰였다. 모둠활동을 시켜놓고 미래가 있는 모둠 주변을 돌았다.
엿들어보니, 미래가 물풀을 가지고 손장난을 했는데 주변에 앉은
애들이 더럽다며 조롱한 것이었다. 애들은 크면서 사람 분류하는
법을 배운 것 같았다. 건드려선 안 되는 애와 모두가 건드리는 애,
애매한 애.
　수업 끝내고 짐을 챙겨서 나오는데, 복도에 미래가 있었다.
표정은 심란해 보였는데 기둥에 등을 붙이고 서서는 몸을
흔들흔들, 등을 부딪치고 있었다. "학교 다니는 거 힘들어?"
물었더니 고개를 끄덕였다. 미래는 딴 데를 보면서 말했다.
"제가 1학년 때 왕따였거든요. 그게 소문이 나서……" 미래는
5학년이다. 당장 떠오르는 말 중에는 여기서 해봤자 좋을 게 없는
말들밖에 없었다. 내가 어디까지 개입할 수 있지? 과학 영재가
씩씩거리는 걸 보면서, 그걸 보고 있는 여자애를 보면서, 말이

없는 홍이를 보면서, 처음 보는 나에게 속 얘기를 털어놓는 미래를 보면서. 차라리 내가 5학년이 되고 싶다는 생각.

미래를 놀리던 애들이 머쓱해하며 미래와 내가 있는 쪽으로 다가왔고, 미래는 나와 하던 이야기를 끊고 아, 됐어 하면서 계단 쪽으로 달려갔다. 상황이 무거워 보이는 게 싫었던 것 같다. 사과하러 온 애들은 시끌시끌하게 돌아갔고, 미래는 계단 반 층 정도 밑에서 난간을 잡고 있었다. 나는 계단 위에서 말했다. "미래야 선생님은 미래가 처음부터 호감이었다? 이 반 친구들 중에 미래가 제일 성숙해 보였어. 아마 쟤들은 미래가 누나 같고 언니 같아서 무서워하는 거 같아." 미래는 내 얼굴을 바로 보았다. 눈에 힘을 주는 것 같기도 했다. "졸업하고 다른 학교 가면 새로운 관계가 생길 거야. 그래도 이 학교 다니는 동안 너무 힘들면 꼭 믿을 만한 사람들한테 얘기해. 담임선생님한테 말하기 싫으면 주변에 선생님 같은 언니한테 이야기해. 알았지?" 미래가 끄덕였다. 더 많은 이야기를 나누고 싶었지만 다른 애들 눈에 미래한테 문제가 있는 것 같아 보일까 봐 산뜻한 척하고 금방 돌아섰다. '그리고 선생님이 한 말 기억해. 선생님은 미래가 진짜 괜찮은 친구 같아.'

수업이 끝나면 망했어도 일단 후련하다. 가벼운 걸음으로 탓탓탓 계단을 밟아 내려간다. 중앙 현관에서 다른 선생님들 만나 "수고하셨습니다~" 인사하고 내빈용 슬리퍼까지 벗어젖히면 2차 후련함이 오는데, 어제는 몇 걸음 걸을 때마다 뒤돌아 학교 건물을 보게 됐다. 미래는 계단 위로 올라왔을까? 왔겠지. 교실 가서 자기 자리에 앉았을까? 매일 그렇겠지. 할 수 있는 게 없잖아. 약해 보이는 걸 귀신같이 알고 파고드는 사람들. 분에 못 이겨 씩씩대는

남자애들. 그러나 내가 더 오래 생각해야 할 것은 내 말을 꼭꼭
씹어 듣던 미래의 표정과 또랑또랑 대답하던 여자아이들의
말소리. 어디까지 개입할까는 답 없는 질문이지만, 누구에게
이입할까 물으면 할 일이 생긴다. 질문을 바꾸며 걷는데 조회대와
운동장이 보였다. 나 어릴 때 어떤 선생님은 종종 이렇게 말했다.
지금은 이해가 안 돼도 나중에 돌이켜보면 아 그때 선생님이 한
얘기가 이런 거구나, 알 때가 올 거야. 선생님은 알면서도 그렇게
말할 수밖에 없었고 선생님 나이가 된 나는 그 말만 기억한다.

밤이 너무 크고 무거울 때 생각나는 것

인간들은 가끔 아름다워질 때가 있다. 자기가 받았던 좋은 것을
기억하고 남에게 줄 때. '다른 건 몰라도 밥은 잘 먹어야 한다'
주의인 친구는 타지 생활 끝에 집으로 가던 날 당신이 해줄 수
있는 가장 맛있는 음식을 해주는 엄마를 만났다. 친구는 혼자 사는
친구를 만나면 밥을 잘 챙겨 먹어야 한다면서 거두어 먹인다.

받은 사람만 줄 수 있는 것이 있다. 감정에 관한 것이다. 코끝과
귀가 빨갛게 어는 겨울 현관문을 열었을 때 집 안의 온기, 같이
사는 사람이 기다리고 있다가 뜨끈한 손으로 두 귀를 꼭 감싸주는
것, 버스에서 나도 모르게 옆 사람 어깨에 기대어 줄 때 손등으로
차양을 만들어 빛에 눈이 찔리지 않도록 가려주는 것, 내가 들어간
가게에서 내가 필요해 고른 물건을 당연하다는 듯 계산하고
봉투까지 드는 사람, 우산을 쓰면 한 팔로 어깨를 감싸 안고서
춥겠다며 손으로 팔을 쓸어주는 것, 바위에 걸터앉을 때 두꺼운
책을 깔아주는 것. 아무렇지 않은 다정함이 습격한다.

비가 억수같이 쏟아지던 날 나와 친구들은 춘천에 갔다.
숲 체험장에서 보라색 반팔 티셔츠를 맞춰 입고 축구 경기
영상을 보며 우리를 기다리는 10대들을 만났다. 우리를 초대한
어른들도 함께 있었다. 빗길이 미끄러워 축구 수업이 시작될
시간에 가까스로 도착했다. 축구공이 든 가방을 메고 헐레벌떡
들어갔는데 어른들이 우리를 수련회장에 딸린 식당으로 데려갔다.
맛있는 저녁을 준비했으니 먹고 하시라는 거였다. 휴게소에서

허리 한 번 펴고 달려오느라 허기졌던 우리는 식판에 감자채
볶음과 두부강정, 고구마줄기 무침을 쌓아 올리고 아욱 된장국을
담아 선풍기 옆에 자리를 잡고 앉았다. 나는 거의 목구멍에
음식을 퍼 넣었다. 음식을 씹으면서 반찬을 더 가지러 갔다. "밥이
너무 맛있어요. 진짜 너무 맛있어요." 목에 스카프 두른 분이 밥
먹는 우리를 바라보며 "안 드셨으면 큰일 날 뻔했네. 여기 다
농사지어서 만든 특별식이에요. 많이들 드세요" 그랬다.

축구가 끝나고 몸에 열기가 도는 채로 우리는 헤어졌다. 아쉬운
끝인사는 주차장까지 길게 이어졌고, 뒤따라온 다른 분들이
불룩한 봉지를 안겼다. 씻은 방울토마토와 초콜릿, 박카스, 과자가
들어 있었다. "비도 오고 길도 어두운데 주무시고 가시라니까!
가면서 이거라도 드세요." "강원도는 밤에 가로등이 꺼져서
어두워요." 다른 분이 앞장서겠다며 나섰다. 우리는 깜빡이를 켜고
앞차를 졸졸 쫓아갔다. 칠흑같이 어두웠고 와이퍼가 잠깐이라도
멈추면 불안감이 들 만큼 뿌연 거리였다. 그 길을 한참 같이
달리다가 밝은 곳에서 우리는 헤어졌다. 비가 들이쳤지만 창문을
내려 손을 흔들었다.

사람의 따뜻함은 언제나 살아갈 힘을 주었다. 감정이 부족하면
나도 모르게 외로워진다. 아, 그럴 때 있지. 그거 알지. 그런
말을 듣고 싶을 때가 있다. 우리는 무사히 고속도로에 진입했다.
뒷자리에 앉은 친구가 봉지를 뒤적였다. "방울토마토 드실 분?"
또 다른 친구가 말했다. "근데 진짜 바리바리 싸주신 거 감동이다.
우리도 나중에 이렇게 하려나?" 그렇겠지. 받았으니까.

겨울에는 봄 얘기하게 된다

우리 동네에 '꽃님이네 밭'이 있다. 너른 논밭 아니고 투룸 건물 옆에 투룸 평수만 한 밭이 있는 거다. 화단이라면 알맞을 그곳은 처음 봤을 때 꽃이나 풀보다 쓰레기가 더 많았다. 원룸촌 사람들이 지나다니며 생활 쓰레기를 던져놨는지, 귤껍질이며 담배꽁초, 깨진 유리, 일회용 커피 잔, 울룩불룩한 검은 봉지가 쌓여 있었다.

꽃님이가 쓰레기밭 옆 투룸으로 이사 온 뒤로 거긴 진짜 밭이 됐다. 꽃님이는 먼저 눈에 보이는 큰 쓰레기를 치우고 땅속 자갈과 큰 돌을 골라냈다. 꽃님의 본명은 남순이고 지금은 수아로 개명했고 그래서 수아가 남순이고 남순이가 꽃님인데 그의 자식이 바로 나다. 그러니 편하게 엄마라고 부르겠다.

나는 엄마가 이마트에서 상추씨 살 때만 해도, 쇠장에서 모종 사서 뒷좌석에 실으라고 품에 안길 때도 '저게 자라겠어, 키워서 먹겠어' 싶었지만 세상에 그 밭에서 해바라기도 자랐다. 엄마는 어디서 주운 나무판자에 "꽃님이네 밭^_^ 쓰레기 버리지 마세용 꽁초도용~" 매직으로 써서 걸었다.

재작년 여름의 일이다. 나는 우리 집에 꽃삽도 있고 호미도 있다는 게 신기했다. 그런 건 전업 농사꾼만 가진 줄 알았다. 엄만 시골 사람이라 당신 손으로 식물을 길러 먹는 데 익숙했다. 아무것도 자라지 않을 것 같던 땅에서 싹이 돋았고 어린 식물은 뿌리를 내렸다. 엄마는 꼭 걔들이 듣고 있는 것처럼 말했다. "얘들 좋아하는 것 봐라." 비가 오면 걔들이 꿀떡꿀떡 빗물을 받아먹는다

그랬다. "뿌리 튼튼해졌네. 제 집 같은가 봐." 꽃님이네 밭에
입주한 애들이 적응을 마친 것 같다며 좋아했다.

엄마는 밭에서 뭐 하나 싹이 돋거나 한곳에서 이파리 두 개가
올라오면 매번 화제로 삼았다. "내려가서 오이 열린 것 좀 보구
와." 엄마는 상추 오이 가지 호박 고추를 길러 먹었지만, 다 자란
채소들은 목적이라기보다 흙을 만지는 행위의 부산물 같았다.
먹을 때 먹더라도 늘 생물성을 의식했다. 엄마의 작은 소쿠리는
비는 날이 없었다.

어떤 날에는 오이를 툭툭 분질러 나한테 건넸다. 진한 오이 향이
났다. 오이 냄새 맡고 오이 비누 떠올리는 나. 엄마는 가지 데쳐
들기름에 무치고 오이 썰어 고춧가루에 버무렸다. 엄마는 그걸 내
방까지 가지고 와서 손으로 동그랗게 집어 입에 넣어줬다. "어때?
기가 막히지?" 밭에서부터 부엌까지, 내장까지 이어지는 흙의
기운. 그때부터는 찌개 속에 든 고추나 대파도 훌훌 먹었다.

보기 좋았다. 집도 밭도 당신 거 아니면서 엄마가 그곳의
주인인 양 구는 게. 처음엔 웃겼는데, 유년과 기쁨과 안정을 남의
땅에서도 찾는 게 호기로워 보였다. 땅에 주인이란 게 있나? 이
땅에서 뭐가 잘 자라는지 알고 이 땅에서 생명을 움트게 할 수
있는 능력이 멋져 보였다. 강아지 똥을 특식처럼 던져주고 발로
자근자근 땅을 밟아주면서 개들이 좋아하는 일을 척척 하는 게
재밌고 신기했다.

과일은 철에 먹어야 맛있다고 말하는 거나 잘 자란 채소 고르는
법을 아는 거, 비가 오면 농사짓는 사람들 한시름 놓겠다고
생각하는 거, 비가 더 오면 꼭 당신이 뿌리나 줄기라도 되는
것처럼 시원해하고 온순해지는 게 좋았다. 흙을 아는 사람들이

하나씩 죽고 나면 어디서 구수함을 찾아야 하니, 두려울 만큼 좋았다.

2월에 설핏 맡는 봄 냄새는 감질난다. 오늘처럼 쌀쌀한 날에도 대낮 햇빛에선 새순 냄새 같은 게 난다. 봄을 기다린다. 얇은 옷자락이 바람에 바스락거리는 소릴 들으면서 슬리퍼 찍찍 끌고 싶다. 동네 골목길 빠른 걸음으로 왕복하면 무릎 접히는 곳에서 박동이 느껴지는 싱싱한 봄. 한참 걷다 숨을 고르면 고요한 봄.

사람들은 열매와 해바라기가 있는 곳에 쓰레기를 버리지 않았다. 꽃이 나비를 부르다 나비가 나비를 부르고 나비를 보러 사람들이 왔다. 솜이는 외출하고 돌아오면 가끔 밭으로 뛰어올라 흙을 밟아댔다. 그러면 저 뒤쪽에서 둥글게 몸을 말고서 호미질하던 엄마가 경운기보다 더 큰 소리로 "엄마 보러 왔어?!" 했다. 내가 좋아한, 가능하다면 내 수명을 얹어서라도 연장하고 싶은 시간이었다. 저마다 역동해서 평화로운 모양새, 그 옆에 나도 낚시 의자 펴놓고 앉아 책 한 권 쥐고 배실배실 좋아하고 싶었다. 뜨듯한 햇살에 몸을 맡기고 가만가만 이마를 쓸어주는 바람에 선잠 들고도 싶었다.

'꽃님이네 밭' 자리에는 건물이 올라갔다. 하지만 걱정 마시라…… 엄마는 그전에 발 빠르게 식물들을 옮겨놨다. 그 옆옆 남의 땅으로. 농사는 이런 식으로도 지어진다.

맛있는 것 앞에서 환장을 하고 먹지

한 방울 한 방울 제대로 시고 달아 생각만 해도 혀뿌리까지
뻐근해지는 오렌지가 있는가 하면 딱딱한 과육 사이 당분이
어떻게 맺혔는지 아삭아삭 네가 복숭아야 사과야 향긋한 게 딱
복숭아네 싶은 게 있다. 농약 묻은 오렌지는 언제나 구할 수
있고 언제든 비슷할 테지만, 과일 고르기에 자부심 있는 엄마가
말하기를 지금은 복숭아 수박 다 맛없으니 포도 사란다. 비 온 뒤
여름 과일은 밍밍하니 네 맛도 내 맛도 아니라고. 포도는 비닐로
감싸 키워서 맛이 잘 든다고 했다. 엄마가 말할 때는 귓등으로
듣는 것 같아도 과일가게 앞에 서면 복숭아 수박 안 고르게 된다.
  엄마가 죽으면 나는 어떻게 될까. 지금보다 더 어린 꼬마일
때는 엄마가 필요했으므로 그가 죽을지도 모른다는 생각을 하면
가슴이 벌컥벌컥 뛰고 코끝이 찡해오면서 눈물이 돌 것 같았다.
가정사가 꽈배기처럼 꼬이던 10대 때는 실컷 행복해보지도 못하고
죽는다면 엄만 그 삶 억울해서 어쩌지, 이 비밀 나만 아는 것 같아
불안했다. 지금은 구체적으로 그리워할 것들을 생각한다. 감정과
감정 사이에 생각이 끼어든 것이다. 이러면 좀 편할까.
  바쁘게 뭐 하고 있을 때 엄만 꼭 안 바쁘면 심부름 좀 하라고
하더라. 여름 들어 기억에 남는 귀찮은 심부름은 유성 사는
고모 집 가서 오이지 좀 받아 오라는 거였다. 내가 가면 고모는
소금물에 절인 오이와 작두콩, 양파, 잡곡, 파김치, 성당 사람이
농사지어 나눠줬다는 감자를 커다란 가방에 싸놓고서도 찬장과

베란다를 뒤지느라 바빴다. 고모는 이거 엄마 갖다 주고 콩은 밥에 넣어 먹고 파김치는 더 익혔다 먹고 오이지는 무쳐 먹고 감자는 지져 먹으라는 등 가장 이상적이라고 생각되는 취식법을 제시하며 그거 해가지고 너희 아빠한테도 조금 갖다 주라는 말도 빼놓지 않았다.

잘 큰 조카라면 이렇게 대답하지 않을까 싶게 사람 좋은 웃음을 지어 보이며 나는 네네 고모 걱정하지 마세요 나오지 마세요 저 돈 있어요 괜찮아요, 모든 것을 받아 들고 한 걸음 한 걸음 계단을 밟아 내려왔다. 엄마는 고모가 묶어준 봉지를 풀어보며 하나씩 성실하게 감탄했다. 야 이건 지져 먹으면 맛있겠다, 야 이거는 갈아서 김치에 넣으면 되겠다, 이 귀한 걸 많이도 주셨네, 오이지만 좀 주시라니까…… 오이지 무쳐다 네 아빠도 갖다 줘야겠다. 그 말을 빼놓지 않았다.

찰랑찰랑 소금물에 담겨 바랜 듯 처진 듯 늘어진 오이는 엄마 손을 타면서 여름 반찬이 되었다. 엄마는 부엌 옆 조그마한 다용도실에 목욕 의자를 놓고 쪼그려 앉아 어슬렁거리며 구경하는 내게 당신이 하는 작업을 설명해주었다. "오이를 소금물에 절이면 수분이 빠져서 꼬들꼬들해져. 근데 나는 거기다 또 오이를 돌로 눌러놓잖아. 물이 쏙 빠져서 꼬들꼬들하다 못해 오독오독 씹히는 거야. 거기다 파 마늘 다져 넣고 고춧가루 조금 참기름 조금 넣어서 조물조물 무치면 니들 또 환장하고 먹지." 나는 엄마가 자부하는 모습이 보기 좋아 더 추임새를 넣는다. "어, 맞어 맞어, 그래서 그렇게 맛있구나. 식당에서 먹는 거랑 달라." "다르지 그럼, 다 농사지은 파 마늘인데. 근데 미원도 조금 넣긴 넣어. 아주 안 넣으면 무슨 맛이냐? 그래도 식당에서 만드는 것처럼 올리고당

물엿 때려 넣는 것보단 훨씬 낫지 안 그래?" "맞어 맞어 엄마, 벌써 맛있는 냄새 난다."

개불 같던 오이는 꼬들꼬들 오이지가 되어 원래 담겨 있던 통의 반의반도 안 되는 작은 반찬통에 꾹꾹 눌러 담겼다. 엄마는 양념 묻은 손으로 오이지를 집어 내 입에 넣어줬다. "어때, 맛있지. 저번보다 더 맛있지. 이번에는 청양고추 더 썰어 넣고 물기 확 뺐어." 입에 꼭 맞게 맛있는 맛. 맛은 이쪽에 있다고 저쪽에 있다고 알려준 엄마의 미지근한 손가락 맛. 씹을 때마다 턱뼈가 불거질 것처럼 오독오독하고 시원한 오이지 무침에 부드러운 기름 냄새 풍기는 뜨끈한 감자채 볶음이면 밥 한 솥은 먹겠다고, 배고픈 줄 몰랐는데 엄청 허기진다고, 나는 압력밥솥에서 밥을 퍼다가 거의 코를 박고 먹는다. "내가 오이지 다 먹겠는데, 언니 줄 것도 없겠는데?" 엄마는 뿌듯해하고, 나는 이 맛을 못 보게 되면 영영 여름을 잃은 것 같겠다.

항상 유머를 잃지 말자구

어떤 사람들은 내가 솔직한 편이라고 말해주지만, 내 솔직함은 분별과 용기에서 솟는다기보다 감정과 기분을 감당하기 어려워 어쩔 수 없이 내려놓는 것에 가깝다. 자랑하고 싶은 것 앞에서는 온 맘 다해 솔직해지지만, 감추고 싶은 것 앞에서는 뒷짐을 진다. 오늘은 손을 보여줘야지.

닷새간의 여행 중에 엄마로부터 메시지가 왔다. 이사했어, 000동 000호로 와. 군대 간 사이 집이 이사했어요 유의 이야기는 네이트 판에서 본 적 있지만, 막상 내 상황이 되니 어색하긴 했다. 엄마가 아빠와 갈라서고 난 뒤부터 우리 가족은 이사를 자주 했다. 2년, 4년, 6년마다 옮겨 다녔다. 남의 흔적과 냄새가 가시지 않은 집에 내 짐을 풀면서 서식지를 바꾸는 경험을, 사춘기 이후에나 겪은 것이다. 이사가 시작되면서 집안의 큰 소리가 줄었고 근심은 늘었다. 집을 옮긴다는 건 상황이 나빠지는 것을 의미했다.

어릴 적 엄마는 우리를 위해 만든 것 같은 넓고 쾌적한 안방에 옷장을 짜 넣고서 기쁜 표정으로 옷을 걸었다. 집에 맞게 살림을 줄여가면서 엄마는 어땠을까. 나는 생각만 했다. 남의 집 현관처럼 생긴 문짝 앞에서 비밀번호를 누르고 어두컴컴한 집으로 들어갔다. 누군가의 오래 묵은 몸 냄새가 멜론 껍질 모양을 닮은 벽지에 배어 있었다. 딱히 필요하지 않아 보이는 미닫이문에는 글라스데코가 붙어 있었다.

이사 다닐 때마다 짐 푼 데가 내 집이지 하고 곧바로 익숙해졌던 것 같은데, 이상하게 이 집은 남의 할머니 댁처럼 불편했다.
책상과 침대를 버리고 오느라 방바닥에 짐이 뒹굴고 있어 그런지,
발 디딜 틈을 메운 살림 때문인지, 무거운 습기에 숨이 막히고
특유의 냄새가 두려워 언니네로 도망쳤다. 피신한 집에는 엄마가
먼저 와 있었다. 쾌적한 언니 집 거실에 깔린 아기용 매트 위에서
바스락바스락 여름 이불 덮고 자는데도 몸에 힘이 들어갔다.
아무리 자세를 바꿔도 불편했다. 엄마, 난 이상하게 그 집에
적응이 안 되네. 나는 마음 약한 소릴 했다. 이제 내 냄새로
바꿔야지. 엄마가 나보다 세서 다행이었다.

　내일은 그 집에 정을 붙여봐야지. 아침 일찍 집에 왔다.
샤워하고 짐을 푸니까 좀 나은 기분이 들었다. 형광등이
껌뻑껌뻑하다가 겨우 켜지긴 했지만 베란다 등이 주황색인 것이
보기 좋았고, 빛바랜 다홍색 타일이 칙칙해 보이긴 했으나 창문에
걸린 나무 발 사이로 날카로운 볕이 들어오는 게 좋았다.

　이삿짐센터 사람들이 쌓아놓은 내 방 짐 중에는 아 이런
게 있었지 싶은 것들도 있었다. 나는 마음에 쏙 드는 공간이
생기면 붙이려고 아껴두었던 포스터를 꺼내 거침없이 둘둘둘
펴고 테이프를 쩍쩍 붙였다. 선물 받은 시집을 펴서 신해욱 시를
투둑투둑 뜯어 방문에 붙였다. 머리도 안 말리고 회색 팬티 하나
입은 채 짐 밟고 올라서서 이것저것 붙이고 있으니 가슴 사이로
땀방울이 여러 번 맺혔다가 흘렀다. 팔찌는 자꾸 풀렸지만 기분이
좋았다. 방을 상대로 열심히 뭔가 하다 보니 기운이 났다. 벽에
붙인 글과 사진은 낡음과 누추함을 멋지게 전환했다. 프랑수아즈
사강의 『슬픔이여 안녕』을 집어 엄마의 짐이 놓인 식탁 위에
올렸다. 엄마가 언제쯤 올지는 모르지만, 내가 놓아둔 이 책을

본다면 한번 웃고 시작할 것 같았다.

엄마는 불쌍한 얼굴로 울다가도 웃긴 말을 잘했다. 웃어도
되는지 고민하고 있으면, 엄마 우스운 말도 잘하지? 엄마 캐릭터
있지? 그러면서 이 상황에서도 머리가 팍팍 돌아가는 능력을
자찬하며 너스레를 떨었다. 그러면 다행이라는 생각이 가슴에
퍼지면서 나는 안도의 웃음을 지었다. 아무리 웃어도 복은 안 오는
것 같지만, 바닥에 털썩 누워 울다가도 웃는 힘은 나를 지켰다.
비참함에 테두리가 녹아버릴 것 같을 때도 마지막 자존심 한 가닥
지켜주는 것은 유머였다. 내가 나를 웃길 수 있으면 된다. 웃음은
몸 안에서 터져 나온다. 웃고 나면 별것 아닌 기분이 든다. 유머는
우리의 자부다. 야, 너희 엄마 웃긴 말도 잘하지? 내가 생각해도
나는 참 특이한 거 같애. 엄마가 그렇게 말하고 내 얼굴 보며 웃을
때, 아직은 아니라는 생각을 한다. 우리는 아직 웃는다.

길 위의 엄마

엄마는 거울에 당신의 모습을 이리저리 비춰보더니, 너도 나이
들면 머리가 멋지게 셀 거니까 염색하지 말라고 당부했다.
고등학생 때는 나를 가만히 보다가 쌍꺼풀 없는 눈이 안 질리고
좋으니 주변에서 쌍꺼풀 수술하라고 꼬셔도 절대로 하지 말라고
했다. 말 안 해도 그럴 거였지만 엄마가 멋지다고 여기는 걸 나도
닮게 된 건지 문득 신기할 때가 있다.

엄마는 신정과 구정, 대보름이라는 말을 썼다. 마음만 먹으면
언제든 할머니 댁에 갈 수 있어 명절에도 안 가게 된 나는 그런
말을 쓰는 엄마가 있어서 다행이라고 생각했다. 절기에 구속되고
싶진 않지만 정감을 즐기고 싶기는 했다. 내 키가 엄마의
허벅지까지 오던 꼬마 때는 고속버스를 타고 둘이서 할머니
댁에 갔다. 지금처럼 대전에 으리으리하고 깔끔한 복합 터미널이
생기기 전에, 동구 용전동에 오래되고 작은 고속버스 터미널이
있었는데 거기에 가려면 시내버스를 30분 정도 타고 가야 했다.
추운 겨울날 고속버스 터미널에 도착해서 코트를 입은 사람들
무리에 섞여 신호가 바뀌기를 기다리고 있으면, 엄마는 나를 코트
안에 넣어서 꽁꽁 싸매줬다. 파란불을 기다리고 있었지만 옆에
있는 군밤을 사달라면 엄마는 그것도 사줄 거였고, 난 그걸 알아서
좋았다.

나는 미술을 하는 애도 아니고 체육을 하는 애도 아니라서
야자를 빼봤자 할 것도 없었지만, 그날따라 더 재미없을 것 같아

대충 둘러대고 나오던 날에는 육교와 나무가 있는 구봉미올과 신선마을 사이로 터덜터덜 걷다가 저 길 끝에서 트럭에 딸린 파라솔에 앉은 엄마를 봤다. 엄마는 이때 놓치면 못 먹는데 잘 만났다고 하면서 파란색 플라스틱 의자를 하나 꺼내줬다. 목욕탕에서 하나 빼주는 것처럼 자연스럽게. 학교에서 도망친 나는 자리를 얻었다. 엄마는 나무젓가락을 갈라서 내게 건넸다. 나 이거 처음 먹어봐 했더니, 너 이거 먹어본 적 있어 몇 번은 먹었어 이야기해주었다. 트럭 주인은 전어회라고 말해주었고 엄마는 사이다를 시켜주었다. 가을날 동네 교차로와 엄마와 교복을 입은 나. 어울린다고 생각했고 엄마가 왜 여기 있지 하는 질문은 곧 사라졌다. 안온하고 자유로웠다. 엄마가 뭐라 뭐라 말하고 깔깔 웃던 목소리까지. 즐거운 우연을 되돌려놓을 수는 없을까.

엄마가 저녁마다 갑천을 따라 자전거를 타기 시작하면서 그 시간을 같이 보내는 엄마 친구분도 저녁 시간을 우리 집에서 보내게 되었다. 엄마가 전을 부치고 있으면 내가 슈퍼에 내려가서 맥주나 막걸리 몇 병을 사가지고 오거나 먹다 남은 와인을 따서 잣이나 체리 같은 걸 안주 삼아 마셨다. 성에 낀 소주나 땡초 넣은 우동은 없었지만, 엄마 친구가 젊었을 때 제주도 내려가서 택시운전사 하면서 살까 생각했다는 말씀을 하시면 그걸 안주 삼아 우와 우와 하면서 술을 마셨다. 엄마는 무슨 이야기를 한참 하다가 친구에게 서운했던 생각이 났는지 선언하듯이 말했다. "서로 진실할 때 친구가 되는 거여. 일방적인 건 없어. 서로 지켜주는 사이가 되는 거여!"라고. 나는 막 웃었고 "그치"라고 말했다.

꽃님이의 자식농사

태어나 처음 사랑한 이는 엄마다. 사랑은 질투만큼이나 강렬한 감정이니 처음 사랑한 사람으로부터 말을 시작하겠다.

엄마는 지혜롭지만 지식이 많진 않아서, 아는 단어가 늘던 초등학생 때부터 나는 엄마에게 단어 뜻을 알려줬다. 음 그러니까 엄마는 리바이스에서 '리'만 읽을 수 있다. 과대평가와 과소평가를 구별 없이 써서 듣는 사람을 교란한다. 난 간판 안내문 못 읽는 불편을 여행 가서나 느꼈는데, 엄마 매일 여행하듯 살고 있구나!

대신 엄만 이런 것을 알려줬다. "몸을 쉬어주지 않구 굴리면 약한 데 염증이 생기는 거여." "입맛 없어도 한 숟갈 먹고 나가. 안 그럼 몸 곯는 거여." "미역국 끓이면 찬 데서 식혔다 기름 걷어내, 그럼 좋아." 「황금알」이나 「아궁이」(아주 궁금한 이야기)에서 나오는 거. 엄마는 오늘도 내게 'Stay' 뜻을 물어봤고 나는 왜 누가 뭐래? 파악부터 했다. 모든 걸 열심히 해야겠다고 생각했다.

학교 다닐 때 친구 어머니는 나한테 "성적표 나왔냐, 우리 애는 안 들고 온다"는 말을 했다. 엄마가 성적표도 보는구나. 우리 엄만 성적표 보는 법을 몰라서 "엄마 여기가 석찬데 우리 반에서 내가 몇 등인가 하는 거고 이건 내 점수야, 100점 중에 이만큼 맞은 거야" 내가 짚어가며 설명했다. 엄마는 "수학 못해서 어째. 학원 다녀야 하는 거 아녀?" 그랬다. 난 "괜찮아 수학 안 보는 대학 가면 돼" 그랬다. 엄마는 "그런 데도 있냐, 알아서 해" 하면서도 "대학은 나와야 사람대접해주는 겨" 그랬다.

엄마 아빠한테 뭔가 묻거나 훈육(?)당하면서 알량한
도움이나마 받고 싶기도 했지만, 나는 엄마 딸로 태어나서
다행이라고 편지에 썼다. 글자를 쓰기까지 얼마나 쑥스럽고
확신이 필요했는지 모른다. 엄마를 닮은 내가, 그래도 내가 나라서
좋다고. 엄마 딸이 아닌 나를 상상할 수 없다고. (근데 가끔 이부진
딸로 태어나서 호텔 경영하는 상상을 하긴 한다.)

집안의 일이 생각나고 엄마가 생각나고 그럴 때는 누군가에게
안겨 있고 싶었다. 사춘기를 목전에 두고 다짐했다. 사춘기란
게 오면 엄마한테 짜증 내고 엇나간다던데 난 그러지 말아야지.
나까지 그럼 엄마가 정말 죽고 싶을 것 같아서. 엄마 죽으면 나도
죽고 싶을 것 같아서.

엇나가진 않았으나 안으로 굽었다. 그걸 펴느라 10대 후반과
20대 초반을 다 썼다. 나는 왜 이렇게 사나. 왜 사나가 아니라 왜
이렇게 사나 하는 질문이 답을 찾아다니게 만들었다. 세상을 바꿀
것까진 없겠으나 사랑하는 사람을 지키고 싶었다.

언니가 결혼하고 난 뒤부터 엄만 부쩍 결혼 얘길 꺼낸다. "나는
한나가 어떤 사람 데려올지 기대돼." 허락 없이 싹이 돋았네. "남자
싫어" 하면 엄만 걱정스런 눈으로 "아빠 같지 않은 남자도 많아"
그랬다. 아니 안 꼴린다고…… 차마 말 못 하고 그냥 내가 돈 벌어
알아서 살게 했다. "그려, 여자가 자기 전공 있고 돈 벌 수 있으면
혼자 사는 게 최고지." 엄마의 삶과 내 삶이 겹쳤다. 남자는 삶에
안 들일수록 좋았다.

기세를 몰아 "아 나는 여자애랑 살아야겠다" 그러면 엄마는
예의 그 눈으로 "걔가 배신 때리면……? 그 상처를 어떻게
감당해?" 하면서 연애 상담사가 됐다. 그러다 다시 이성애 사회의

구성원으로 돌아와서는 절레절레, "걔는 남자랑 결혼해야지. 여자끼리도 친하다 보면 묘해지고 골치 아픈 겨" 했다. 아······ 엄마 2019년에 태어났어야 하는데, 꽃님이 '디나이얼'인 것 같다.

근거1. 눈 오는 날 엄마가 스카프를 하고 걷다가 5000원을 주웠는데 뒤에서 엄마 또래 여성분이 "스카프 너무너무 잘 어울려요" 하셨단다. 엄만 기분이 좋아서 "그래요? 나 방금 돈 주웠는데 이걸로 커피 마실까요?" 하려다 약속이 있어 그냥 왔다고 했다. 아니 이게 그분이 5000원 탐나서 그런 게 아니고 분위기가 진짜······ 엄마한테 말로 들으면 뭔가 있어 보이는데 역시 남한테 전하는 순간 뉘앙스가 사라진다. 내 보기에 우리 엄만 이성애자 아닌 것 같다.

"내가 중학교만 나왔어두 엄청 재미나게 살았을 텐데, 그 나이에 할 수 있는 걸 꼭 해." 나는 힘차게 고개를 끄덕였다. "하고 싶은 일 하다 보면 돈은 언젠가 따라오는 겨." 부모님이 걱정 안 하세요? 걱정은 바깥양반들이 더 해준다. 엄마가 이런 생각을 하고 있으니 내겐 저 질문이 더 이상해 보인다.

엄마보다 열한 살 많은 아빠는 집에서 물려받은 돈으로 해외 이곳저곳을 떠돌았다. 엄만 꼬마 때부터 공장에 다녔고 결핵(살아 있는 역사)을 앓기도 하고 부잣집 식모로 일하다가 커서는 작은 회사에서 심부름했다. 그게 원흉인데, 거길 드나드는 아빠와 결혼했기 때문. 다가오는 남자도 꽤 있었으나 열한 살 연하에게 내내 존대하는 아빠가 믿음직해 결혼했다.

"나는 내가 알아서 살 테니 너도 알아서 살아라. 줄 건 없고 좋은 거(아빠 닮아 붕붕 뜨는 머리칼과 튼실한 허벅지) 물려줬으니 감사히 여겨라." 쿨하게 말한다.

삼한사온

어릴 땐 문제집 사게 돈 달란 말도 잘 했으면서 크고 나니
엄마한테 얼마 줘야 할까 계산한다. 어떤 친구는 올챙이 적
생각하라 하고, 다른 친구는 여유가 없으니 고민할 수밖에 없다고
한다. 엄마도 너 무리하는 거 바라지 않으실 거야. 이 말 들으면
'그래 그래야지' 싶고 저 말 들으면 '그래 그렇겠지?' 싶다.

엄마랑 손 잡고 걷던 날도 있었다. 우린 사근사근한 사람들이
아닌데, 천변 근처 짬뽕집에서 짬뽕 한 그릇씩 먹고 나오는 길에
엄마가 홀가분한 표정으로 말했다. "오랜만에 우리 딸 손 잡고
걸을까!" 살짝 당황했지만 금세 익숙한 척 화목한 게 뭔지 아는 척
손을 맞잡았다. 잡은 손을 흔들수록 친해지는 것 같았다. 위에서
아래로 깍지 낀 손 사진을 찍어다가 '둥실둥실'이라는 제목으로
블로그에 올리기도 했다.

그리고 또 어떤 날 "한나랑 엄마랑 요즘 쪼오끔 방황하고 있지?
방황하면 눈물이 많아져" 엄마는 그렇게 말하면서 겨울옷을
정리하고 나는 좀 덜 더워보고자 인견 이불을 배에 깔고 누워
휴대전화 만졌다. 열어놓은 현관으로 누굴 부르는 소리가 들렸다.
여어~ 비슷한. 또 뭐 내라는 소린가 하라는 소린가 긴장됐는데,
엄마는 반가운 사람이라도 본 것처럼 일어나 나갔다.

"할머니, 오늘은 어제보다 시원하네 있을 만하지요?" 옆집
할머니인 것 같았다. 문 열어놓고 사는 두 집 중 하나. 둘의 대화는
아주 일상적이고 당연하게 시작됐다. 엘리베이터 앞에서 깻잎

말리는 할머니에게 엄마가 먼저 말 걸었다. "이거 몇 번은 말려야 될 텐데! 더운데 고생하시네!" 옆에서 엘리베이터 버튼 누르고 있던 나는 '나도 거들어야 하나' 생각하며 악의 없어 보이게 웃었다. 할머니는 낯선 사람이 말 거는데도 꼭 오래 안 사람에게 대꾸하듯 딸네 친구가 깻잎을 몇 상자나 보내줬다고 오물오물 말씀하셨다.

전날 엄마는 옆집 가서 놀았다. "에어컨 수리기사 기다리는 동안 두 시간 정도 남길래 옆집 할머니랑 좀 놀아드렸지, 오늘 또 놀고 싶으신지 오셨네." 내 성격 엄마 빼다 박았다고 생각했는데, 미처 안 닮은 구석도 있었다. 열린 현관 사이로 기웃, 당신을 부르는 할머니 목소리에 "좀 이따 놀러 갈게 할머니!" 말하는 것은 엄마에게 아주 일상적이고 당연했다. 엄만 부엌에 굴러다니는 과자 하나 집으면서 "이거 먹어도 되지? 할머니랑 먹게" 하곤 옆집으로 건너갔다.

효심 양심 도리 같은 건 무슨 핑계를 대서든 뛰어넘을 수 있다. 그런데 엄마가 내 곁에서 만들어내는 평화 앞에서는 몸에 힘을 빼게 된다. 엄마한테 저런 면이 있었지, 내가 저런 면을 좋아했지, 느끼고 나면 엄마가 예민하게 구는 날에도 한편 그를 이해하게 된다.

타인과 관계 맺듯 엄마를 대하면 된다는 걸 왜 몰랐을까. 내리사랑 바라지 말고, 하지도 않는 효녀 노릇 부담스러워하지 말고, 그를 한 명의 사람으로 봐주면 어떨까. 이런 생각 하고 있는데 옆집에서 웃음소리 난다. 나 혼자 있을 땐 옆집도 조용하고 우리 집도 조용했지. 바람 한 점 없이 더웠지. 웃는 소리 들으며 눈을 감았다.

이 사랑을 고백하려다 사람들은 나가떨어졌다

누군가를 떠올릴 때마다 울 것 같은 심정이 된다면 그것을
사랑이라고 할까. 그 애를 알고 나서는 새벽바람 맞아도 개운하지
않다면 그것을 죄책감이라고 할까.

형부는 언니를 졸라 강아지를 분양받았다. 언니 집 거실에 작은
개집이 생기고 물그릇 밥그릇이 놓이면서 히야 우리 집 강아지
생기는구나 들뜨게 됐다.

하얀 공 같기도 하고 털 뭉치 같기도 한 애한테 형부는 솜이라는
이름을 지어줬다. 다솜이. 사람 이름 같아서 그 이름을 부르면
어린 동생이 생긴 것 같았다. 솜이가 언니 집으로 오던 날, 한나절
낑낑대던 아기 솜이를 보면서 나는 어쩔 줄 몰랐다. 밖에서
일하다가도 누가 집을 비운다고 하면 언니 집으로 달려갔다.
나에게서 어미 냄새가 나지 않아 미안했지만 심장 소리를
들려주면 좀 나을까 싶었다.

언니와 형부가 펫숍에서 솜이를 데려오던 날, 솜이는 남동생과
같은 칸에서 아웅다웅 놀고 있었다. 동생이 보고 싶어 낑낑거렸나.
솜이는 문득 동생이 그리울까. 나는 어찌할 바를 몰랐다.

솜이는 2년 동안 사람의 규칙과 습성과 표정을 배웠다. 주관이
강하고 고집이 센 녀석인데 애교는 그보다 더 넘쳐서, 처음 보는
사람 무릎에도 올라앉아 손길을 받았다. 개껌을 씹거나 장난감을
앞발로 건들며 노는 소일거리도 꼭 사람 무릎에 앉아서 했다.
솜이는 산책하는 것을 좋아하지만 옷 입는 것은 싫어해서 "산책

가자" 하면 꼬리 흔들며 곁으로 오지만 옷을 들고 가면 노골적으로 싫은 표정을 짓다 이불에 얼굴을 파묻었다.

밤에는 침대 옆에 놓아둔 강아지 계단을 밟고 침대에 올라가 내가 누울 때까지 기다렸다. 내가 먼저 누워 있으면 탁탁탁 걸어와 왈! 짖었다. 안으로 들어가게 이불을 열어달라는 뜻이었다. 이 녀석은 우리 집에서 자는 날이면 밤마다 엄마 방과 내 방을 오가며 불침번을 섰다. 보호자의 안위를 확인하는 강아지의 행동이라고 했다.

펫숍이 즐비한 은행동 애견 골목을 지날 때면 눈을 감게 됐다. 낮에는 햇빛이 들고 자동차 경적 소리가 들이치고 해가 지면 주인들이 커튼을 쳐서 창을 가리는 펫숍이 무서웠다. 전부 문 닫았으면 했다. 강아지가 냄새 맡을 수 없는 곳에서 "우리도 비숑 키울까?" 말하는 사람들을 떼어내고 싶었다. 거기서 가장 예쁘게 생긴 애를 데리고 나오면 다른 애들 시선이 따라붙는 펫숍에서 모두를 데리고 나오고 싶었다.

내 첫사랑은 70만 원, 강아지 공장에서 태어났고 어미는 새끼를 낳느라 넋을 놓아버렸다. 솜이는 산책길에 만난 친구와 오래오래 놀고 싶어했지만 추우니 그만 들어가자는 말을 들어야 했다. 목에 자국이 생기도록 버텼지만 사람의 세상으로 가야 했다. '엎드려' '앉아' '손' '하이파이브' 따위를 외우면 간식을 받는 곳, 산책하며 세상 구경할 시간이 정해져 있는 곳. 사람의 세상에서 강아지를 사랑하는 일은 일도 아니었다.

사랑이 그리워?

밤에는 강아지랑 같이 잤다. 솜이는 깜깜한 이불 속으로 파고들어 내 허벅지를 베고 눕는다. 아침이면 엄마는 강아지를 보러 내 침대로 오는데, 솜이는 발라당 누워 엄마의 손길을 받는다. 엄만 솜이 뒷다리를 주무르며 말한다.

"언니가 밤새도록 끼고 잤는데도 사랑이 그리워? 맨날맨날 사랑이 그리워?"

네가 기다리니까 집에 가야지

솜이라는 강아지가 있다. 솜이는 비숑인데 밖에 나가서 같이
돌아다니면 초등학생 애들이 "와 푸들이다!" 그러기도 하고 "아냐
몰티즈거든" 그러기도 한다. 솜이는 다른 비숑보다 체구가 더 작은
편이고 머리털이 동그란 비숑의 스테레오타입과 달리 곱슬 털이
보글보글 적당히 올라와 있으며 단발머리처럼 보이는 처진 두
귀를 가진 세 살 강아지다.

솜이는 자길 좋아해주는 사람을 기가 막히게 알아보고 그를
좋아한다. 혼자 있는 걸 싫어해서, 엄마와 내가 "오늘 몇 시에
나가?" 하면 하던 일(창밖 바라보기, 밥 먹기)을 멈추고 옆으로
톡톡톡 다가와 귀를 쫑긋 움직인다. 내가 옷을 주워 입기
시작하면 자기도 데리고 가라는 듯이 앞발을 내 무릎에 올리며
쫓아다닌다. 외출 후 돌아온 내가 집 앞에 차를 대고 차문을
뾱 잠그면 그 소리를 듣자마자 현관 앞까지 나와 내가 현관문을 열
때까지 꼬리를 흔든다. 손가락을 세워서 목덜미나 옆구리를 슥슥
긁어주면 입이 벌어지며 이빨이 드러나는데, 강아지 행동 전문가
강형욱에 의하면 그게 웃는 거란다.

엄마가 카톡으로 "딸 오늘따라 솜이가 딸을 너무 기다리네
아까부터 현관에 서 있네"라고 보내면 빨리 가서 나를
보여줘야겠다고 생각한다. 얼른 얼굴을 보여주러 가야 하는
것이다. 솜이에게는 말로 때울 수가 없으니 오래 곁에 있어주고
자주 산책을 해줘야 하는 것이다.

솜이도 다른 강아지처럼 산책이라는 말에 반응한다. "엄마, 오늘 솜이 산책했나?" 물어보면 턱밑에 와서 꼬리가 빠지도록 흔들어댄다. 목줄을 들이밀면 마지못해 목도 내주고 팔도 내주고, 안아 들어서 현관에 내려놓으면 언제 삐졌냐는 듯 엉덩이를 흔들면서 달려 나간다.

산책을 하면서는 최대한 목줄을 당기지 않는 게 목표다. 하지만 당기고 싶지 않아도 당겨야 할 때가 있다. "어어 숲으로 가면 안 돼, 진드기 있어" 하면서 당겨야 하고, "앗 거기 소주병 깨진 거 있다 저리로 가자" 하면서 당겨야 하고, "너 지쳤어 이제 그만 집에 가자" 하면서 당기게 된다. 그러면 솜이는 뒷다리에 힘을 빡 주고 버티는데, 목줄에 목이 졸릴까 마음이 아프다.

잘 시간이 되면 솜이는 내 몸에 자기 몸을 붙이고 한숨을 폭 쉬면서 눕는다. 솜이는 영문도 모른 채 자기보다 훨씬 더 크고 자기와 생김새도 냄새도 다른 나를 가족이라고 여긴다.

"이게 어떻게 강아지냐 사람이지." 엄마는 가끔 그런다. 솜이는 내가 집으로 오면 장난감 통에서 하나를 골라 물고 내 쪽으로 달려온다. 5분 놀아주고 "언니 씻고 올게" 하고 일어서면 허망한 표정으로 멈춰버린다. 그러다 내가 수건 갖고 화장실로 들어가면 "크릉" 하면서 내 뒤에 납작 엎드린다. 삐졌다는 뜻이다. 솜이는 내가 씻는 동안 화장실 문 앞에 벗어놓은 옷 위에서 그러고 있는다.

내 오른쪽 종아리엔 커다란 번개 모양 흉터가 있다. 5년 전엔가 추석 때 시골 할머니 댁에 갔다가 진돗개처럼 생긴 개한테 물려 그렇게 됐다. 그 개가 밥을 먹고 있는데 귀엽다며 사진 찍겠다고 옆으로 갔다가 왕 하고 물렸다. 피가 사방으로 튀었고 신발이 젖었다. 도망가는 길에 나머지 다리 한쪽도 물렸다. 피에 젖은 수건을 동여매고 나타난 나는 시골 병원의 사건이었고, 의사들은 "도그 바이트 환자예요!" 하면서 뛰어다녔다. 나는 그날 수술을 받은 뒤 일주일간 입원했고 1년 정도 통원 치료를 받았다.

그 뒤로 개를 보면 한동안 종아리가 쑤셨다. 큰 개가 내게 달려오는 걸 보면 지금도 다리에 힘이 풀린다. 하지만 솜이가 장난감을 물고 귀를 펄럭이며 달려올 때나 누워 있는 내 다리에 몸을 붙이고 누워 푸우~ 하고 한숨을 쉴 때는 다리가 쑤시지 않았다. 솜이가 내 발자국 소리를 1층에서부터 알아듣듯이 나도 솜이가 오는 소리를 안다. 솜이가 내 방으로 발소리 내면서 걸어오면 나는 어느 때보다 빠르게 움직여 방문을 연다. 기다림의 이유를 말해줄 수 없을 때는 기다리지 않도록 해주어야 한다.

"내가 얘를 얼마나 사랑하는지 알려주고 싶어." 친구랑 둘이 침대 위의 솜이를 쓰다듬다가 말했다. "다 알지, 아니까 이렇게 너한테 껌딱지처럼 붙어 있지."

"솜이야 언니 어디 안 가." 그렇게 말하고서 솜이의 팔과 다리를 주무르면 솜이는 발라당 누워서 몸을 배배 꼬았다. 나는 물을 잘 안 마셔도 얘는 물 좀 많이 마셨으면 좋겠다. 내가 데려가는 곳에 가고 내가 주는 것을 먹고 내가 보여주는 것들만 볼 수 있게 해서 미안하다. 좁은 세계가 미안하다.

"하루 종일 집에 방치하는 사람들도 있어. 그래도 솜이랑 우리는 인연이 됐으니까 최선을 다해서 행복하게 해주면 되는 거여. 너도 마음 너무 약하게 먹지 말어." 엄마는 그런다. 그 사람들이 미친 거지. 내 몫의 행복을 떼다가 솜이에게 주고 싶다. 존재 자체에 미안함을 느끼는 것이 사랑인가 본데, 나는 얘한테 콱 물려버렸다. 솜이는 내 약점이고 나는 솜이를 만난 것을 후회한다.

저녁은 밖에서 먹을까

영화 「우리집」의 주인공 하나는 친구와 잘 놀다가도 저녁 먹을
시간이 되면 "그래도 저녁은 가족이랑 먹어야지" 말하고 집으로
돌아간다. 나는 저 말을 주로 친구에게 들었다. 내게 가족은 텅 빈
단어에 가까웠고 차라리 엄마라는 말이 가족을 대체했다. 4인용
식탁이 부엌과 거실 사이의 경계를 표시하던 평범한 아파트에 살
적에도 의자 네 개를 한꺼번에 쓸 일이 없었다. 밥은 배고플 때
각자, 이것이 합리적이며 현대적인 뉴 핵가족이라고 생각하며
외로울 틈을 없앴다. 자라면서 가족과 나누고 싶은 이야기가
사라지고 대신 친구나 애인에게 얼른 말해주고 싶은 것이
많아졌기에 머릿속에서 가족이라는 단어도 자연스럽게 사라졌다.
    가정은 화목하지 않아도 괜찮은 것, 가족은 마음에 안 들어도
괜찮은 것이었다. 나와 잘 맞을 것 같은 사람은 어디서나
눈에 띄었고, 마음이 통하면 금세 정이 들었다. 밖에서 만난
사람들끼리는 서로의 기분과 상태에 더 민감하게 반응했다.
서로가 서로에게 소중하다고 생각되면 가족에게 하는 것보다
더 노력하게 됐다. 가족보다 남이 편했다. 오랜만에 가족들과
휴양림에 가거나 근교 카페에 갈 때면, 준비하고 차에 타서 출발할
때부터 벌써 기운이 빠졌다. 함께 있는 시간을 즐기기에는 해야
할 역할과 숨겨야 할 사정이 걸렸으므로 말투도 방어적으로
바뀌었다.
    가족인 사람을 사랑하기가 아니라 사랑하는 사람과 가족이

되기를 꿈꾼다. 명절 연휴를 함께 보내고, 사람들이 나를 떠올릴 때 나와 함께 사는 그 사람을 연상하는 관계. 서로가 서로를 기르는 사이.

동료 사랑도 언제부터인가 혈연으로 이어지지 않은 사람들이 공동체를 이루고 사는 삶에 대해 상상하기 시작했다. 카페에서 타닥타닥 노트북을 치다가도 문득 나를 바라보며, "아파트 34평 정도면 몇 명이서 살 수 있을까? 셋이 살기 충분할까?" 묻는다. 나는 끄덕끄덕 "방 세 개면 살 만하지" 대답한다. 그러면 사랑은 약간 결의에 찬 표정으로 "난 진짜 너랑 선아랑 셋이 가족처럼 지낼 수 있다고 생각하거든" 그런다. 선아와 사랑은 한동네에 있는 빌라에 각자 독립해 살면서, 매일 밤마다 접선해 담배를 피우거나 주말 아침 서로의 집에서 만나 밥을 해 먹는다.

어떤 모습으로든 가족이 된 이들을 찾아볼 수 있다. 같은 빌라에 살면서 밥을 함께 지어먹고, 퇴근 후에는 누구 집에서든 만나 오늘 하루 있었던 일을 나누는 친구들. 연휴에는 평소에 자주 가는 술집에서 한잔하고 집에 들어와 조금 더 마시는. 서로의 성향과 욕구를 누구보다 잘 알면서도 각자의 삶을 드러내고 싶은 만큼 드러내고 공유하고 싶은 만큼 공유할 수 있는. 목적 없이 거실에 삼삼오오 모여 있던 이들이 별일 없이도 계속 모여 있는 걸 보면 외로움이 식을 것 같다. 집 안을 왔다 갔다 하다가 나도 거실 어디쯤 철퍼덕 앉으면 편안할 것 같다.

가족은 신통한 별자리 성격 풀이 앱 없이도 서로를 발견하고 해석해주는 사이에서 맺어진다. 마음에 쌓인 더께가 아무리 털어도 안 털어질 때, 그들에게 말하는 거다. 그러면 우리는 이야기를 시작하거나 아예 관계없는 말장난을 하며 까불다가,

그래서 내 고민이 뭐였지? 증발시켜비릴 정도로 웃는 거다. 다 웃고 나면 친구들 한 명 한 명의 옆모습을 순서 없이 바라보게 될 거고, 새삼 이들이 내 가족이구나 느끼면서 마음이 꽉 찰 거다. 침대 이불은 바스락바스락 두툼하지만 무겁지는 않은 하얀 호텔 이불 같은 거면 좋겠다. 그 집에 사는 나는, "저녁은 ○○이랑 먹어야지" 잘도 말할 것이다.

초성

중학생 때 나는 좋아하는 사람에게 사랑받을 생각을 하지 못했다. "너 우리 반에 좋아하는 사람 있어?" 하면 이름을 들키기라도 한 것처럼 서둘러 "아니" 했지만 다른 친구가 옆에서 자긴 있다고 말하는 걸 들으면 꼭 그의 사랑이 이뤄지기라도 한 것처럼 부러웠다.

그 애한테 말하는 것은 꿈도 못 꾸지만 다른 애들한테는 좋아하는 사람이 있다고 말해보고 싶어서 방법을 터득했다. 이니셜로 말하는 거였다. 말하지 않으면서 실컷 말할 수 있는 방법이었는데, 반만 말하는 거라고 해도 좋았다. 사람들이 좋아하는 사람을 이야기할 때 나는 그 이름을 이니셜로 말하며 성별을 알 수 없는 특징으로만 설명했다. 그래도 그 애를 입에 담을 수 있는 게 좋았다.

말하지 못하는 사랑과 말할 수 있는 연애를 둘 다 하면서 체력장과 시험 기간과 졸업 사진 찍는 날을 보냈다. 내 친구 무리와 친하게 지내는 남자애들 중 한 명이랑 사귀며 바나나우유를 마시고 스파게티 컵라면을 먹고 독서실 끝나고 몇 시쯤 집에 갈 거냐며 문자메시지를 나누면서도 정작 전화라도 오면 가슴이 발등으로 떨어질 것 같은 느낌을 주는 사람은 따로 있었다.

나하고 유원지에 갈까

한 아이가 자기 이야기를 시작한다. 엄마가 낯설고 무섭게 느껴지던 순간이나 언니가 멀게 여겨지던 순간에 관해서 입을 연다. "엄마 아빠가 큰 소리 내며 싸울 때 나는 내가 창피했어. 둘이 싸우는 게 꼭 나 때문인 것 같았거든. 집에서 우당탕 소리가 나니까 위층 아줌마가 걱정돼서 내려왔는데 사람들이 구경하는 걸 보니까 가슴이 더 뛰는 거야. 큰일 맞구나 우리 집 이상하구나." 시간이 흘러도 깨끗하게 괜찮아지지 않는 이야기는 언제 말해도 바로 어제 있었던 일처럼 들린다. 듣고 있던 아이는 그게 어떤 마음인지 조금은 알 것 같다고 말한다. 마음을 어루만지고 싶어진다.

너는 평소에 하지 않던 이야기를 조금 더 풀어놓는다. "초등학생 때 썼던 일기 보면 '휴일에 가족들과 유원지에 가서 함께 재미있게 놀았다' 같은 얘기는 하나도 없어. 텔레비전 보고 숙제하고 언니랑 놀거나 친구 따라 교회에 갔다는 이야기뿐이야." 너는 네가 불쌍해 웃는다. 나는 말하는 아이의 머리카락을 쓸어주며 대답한다. 너에게 얼마나 좋은 점이 많은지, 내 눈에 그것이 얼마나 잘 보이는지. 느리게 대화할 땐 주변이 고요하다. "상처라고 생각해본 적 없는데 눈물 왜 나지?" "야, 당연히 상처지. 오래전 일인데 기억하고 있다는 것부터 그렇지."

그러는 동안 피어나는 오만 가지 복잡한 감정에 어떤 이름을 붙일 수 있나. 온갖 연한 형용사를 떠올려보지만.

그럴 때 내 체온이 조금 더 올랐으면 한다. 보이지 않는 곳까지 덥혀주고 싶다. 상처의 기원을 타고 내려가 울음 참는 아이를 만나면 한 시간이고 두 시간이고 기억을 나눈다. 말과 말 사이가 고요하게 벌어지고 숨소리마저 변하면 아쉽지도 서운하지도 않은 채 말갛게 잠든 얼굴을 가만히 바라본다. 한 아이는 다른 아이를 위해 세상에서 가장 부드러운 손을 가지고 싶다. 이 시간은 너의 것이라고 말하고 싶다. 난 네 편이라는 허황된 말보다 더 확실한 몸짓이 있고 네가 확인하려 할 때마다 그것을 보여줄 것이다. 여자아이가 다른 여자아이에게 마음을 열 때 두 사람은 한 사람 같다. 돗자리와 김밥과 자동차 뒷좌석과 과일 도시락 없이도 나들이 다녀온 기분이다. 내 발 위에 네 발을 올리고서 걷는 듯하다. '우리가 다녀온 곳은 거기 어디잖아.' 너는 다 아는 것 같다.

우리의 시간

헤어지는 것이 아쉬워 아파트 단지를 돌며 시소도 타고 그네도
타고 노래도 듣다 경비원이 말을 건 적도 있지만, 늦은 저녁
헤어지며 아쉬워하는 그런 일은 없도록 청혼을 생각해보는
이소라의 노랫말은 나와 멀었다.

　헤어진 애인과 커피를 마시고 함께 차를 타고 우리가 졸업한
학교 근처 식당에 갔다. 그를 조수석에 태우고 그의 집을 향해
가면서 동창 누가 결혼한다더라 하는 이야기를 했다. 각자 알고
있는 소식이 달라 놀라면서 들었다. 살아 있다는 사실에 놀랐고
결혼한다는 사실에 놀랐다. 우리가 결혼이라는 말을 한 게
처음이라는 걸 생각했다. 나는 생전 안 하던 이야기를 늘어놓았다.
다른 가능성을 포기하고 이 사람을, 나중에 헤어지더라도 지금 이
사람을 선택한다는 거잖아, 그 마음이 소중한 것 같아. 그 애는
대꾸하지 않았거나 금방 잊힐 대꾸를 했다.

　사랑하는 사람이 우리 집에서 입고 간 티셔츠를 빨지 않고
두었다가 보는 사람이 없는 걸 확인하고 엎드려 얼굴을 파묻거나
아예 입고 자도 좋겠지만, 노래도 들었겠다 결혼할 수 없는 결혼을
상상해보기로 한다. 「그것이 알고 싶다」를 몰아 본 밤에도 잘 때를
걱정하지 않을 수 있고 방문이 닫혀버리더라도 하루이틀 안에
발견될 수 있고 가족들에게 어린 시절 이야기를 들을 수 있고
서재를 합칠 수 있고 옷이 섞이는 것을 대수롭지 않게 여기면서
동네를 산책할 수 있고 무엇보다 산책하는 동네가 우리 동네라는

106

생각을 함께할 수 있고. 그렇게 될 수 있다면 나는 사랑하는 사람이 치약을 앞에서부터 짜는 걸로도 모자라 발암물질이 함유된 치약을 세일하길래 샀다며 스무 개씩 쏟아내고 천진하게 웃어도 상관없고, 샤워하고 누워 있는데 전화해서 데리러 오라고 해도 상관없고, 종일 연락이 안 와도 상관없을 것 같다. 그곳이 사랑하는 사람과 내가 돌아올 곳이기만 하다면.

세상이 내게 그렇게만 해준다면 앞으로 누구의 결혼식에도 가지 않겠다는 방침을 철회할지도 모르겠다. 노래방에 가도 노래는 안 부르지만 그렇게만 해준다면 보컬 학원에 등록해서라도, 누워서 농구공을 배로 받아내며 복식호흡을 연습해야 할지라도 이소라의 「청혼」을 1만 번 연습해 그에게 자장가로 불러줄 것이다.

말이 통하는 사람

어려운 질문을 받았다. 키스와 섹스를 어떻게 생각하시나요?
「워터릴리스」 관객과의 대화를 앞두고 K는 시험공부를 시키는
우등생 친구처럼 휴대전화 그만 만지고 빨리 대답하라고 했다.
질문의 얼굴이 어딜 향한 것인지 몰라 어리바리하게 있는데, 그가
힌트를 줬다.

키스는 입으로 하는 거잖아. 그치. 말하는 기관의 만남. 근데?
말 잘 통하는 사람이 좋다고 할 때 그 '말'. 그날 사회자였던 또
다른 친구는 내 말을 듣더니 생각났다며 섹스 같은 대화가 있다고
했다. 눈알이 굴러가는 방향으로 미루어 짐작해볼 때 기억을
더듬고 있는 게 분명했으나 그는 대화 내용을 옮기진 않았다.
모든 걸 알아야 감지할 수 있고 모든 걸 안다 해도 모를 수 있는
거라 끄덕거리고 말았다. 팽팽하다가 솟구치다가 곤두박질치는
대화라면, 증폭과 해소로 이어진다면 섹스와 대화엔 비슷한
구석이 있다. 좌우지간 10미터 수영장 레인을 몇 분 만에
왕복하는지 재보자고 스톱워치 두드리고 내달리는 내기처럼
원초적인 섹스도 어디 있기는 하겠지만.

추동하는 힘은 몸에서 나오고, 몸이 내뿜는 기운은 그것을
필요로 하는 다른 이의 몸을 끌어당긴다. 입술은 눈치 없게 느린
시간 앞에서 충직한 신하의 모습으로 하루하루 쌓여가는 에너지를
적금처럼 가둔다. 그 밑으로 이어진 몸은 그가 지나온 시간을
데리고 내 앞에 서 있다. 자 이제 어떻게 할래, 묻듯이.

왜냐고 물었다

어떤 키스는 몇 번이고 불러다 재연하고 싶을 만큼 너무 키스인데, 어떤 키스는 쌍방 합의로 지우고 싶을 정도로 민망한 기억으로 남았다. 그 사람도 초록불 기다리다 갑자기 키스한 게 생각나 아 씨, 하겠지. 그 사람이랑 키스 왜 했지 하고.

어떤 키스는 한여름에 우리 집에서 블루베리주를 마시다가 시작되었다. 베란다 문을 활짝 열어둔 채 바깥 소리가 그대로 들어오게 했다. 바닥에 과자 봉지를 늘어놓고 냉동실에 뭐도 있고 뭐도 있으니까 먹고 싶으면 말하라고 하면서 집에서 술을 마셨다. 두 병을 먹어 치우겠다 호언장담해놓고 반병도 못 비우고 상을 치웠다. 우리는 키스하지 않을 수 있었다. 이제 그만 집에 가겠다고 할 수 있었고 이제 그만 가라고 할 수 있었다. 얼굴이 다가오지 못하게 할 수 있었다. 그러나 질문에 대답하고 싶은 마음과 비슷하게, 상황이 흘러가는 대로 두고 싶었고, 냉동실에 있는 무엇을 꺼내 먹어야 할 것 같은 마음으로 그가 그리는 길을 따라가야 할 것 같았다. 상대가 원하는 대로 되고 싶다는 마음은 우리 집에 오기 전부터, 불량배들이 내뿜는 담배 연기와 자동차 경적이 들리는 술집 창가 자리에서부터였는데, 나는 이마 모양이 멋지다고 그를 칭찬했다. 그를 기분 좋게 해주고 싶었던 것이다.

어떤 키스는 내가 어디로 가야 할지 모르겠을 때마다 찾았던 빌라에서 이루어졌다. 새벽 네 시에 공놀이를 하다가 갈 데가 없어서 그 집에 갔다. 우리는 작은 텔레비전으로 밝은 화면의

뮤직비디오를 보며 멜론 맛 사탕을 먹었다. 내가 모르는 사람에 관한 이야기를 듣다가, 아는 사람에 관한 이야기가 나오면 대화를 중단하다가…… 나는 그 사람이 나를 좋아하지만 절대로 키스하려 들진 않을 거라고 생각했다. 그리고 키스를 했다. 우리는 인간의 온정이 그리웠던 것 같다. 내가 집에 간다고 하면 그 사람은 조심히 가라고 했다. 그 사람이 나에게 안아달라고 했다. 나는 왜냐고 물었다.

어떤 키스는 담배를 잔뜩 피운 사람과 했다. 나는 특정한 담배 냄새를 좋아하지만 폐 건강을 염려하는 「생로병사의 비밀」 애청자이기 때문에 빨아 먹을 담배꽁초가 필요했던 것 같다. 그러나 그가 피우는 담배에서는 내가 좋아하는 연기 냄새가 나지 않았다. 나는 왜 그와 키스했을까? 담배 피우는 사람이 섹시해 보여서? 어떤 사람은 여전히 그렇다. 하지만 그가 담배를 피우는 모습과 강아지 물그릇을 갈아주는 모습은 거의 비슷하게 자연스러워 보였다. 아마도 그가 담배를 피우며 지나간 연애에 관해 이야기했기 때문일 것이다. 나는 드라마를 따라 하고 싶었나? 뭐라 뭐라 말하는 사람의 입을 막으며…… 고개를 틀며…… 이윽고 멈추는 손동작, 그리고 뭐야 하고 웃는 사람…… 그런 걸 상상했나? 난 이 사람과 몇 차례 더 드라마 찍기를 시도했다. 사람들이 지나다니는 식당 계단에서, 물소리가 너무 크게 들려 웃음이 나던 해변의 화장실에서…….

어떤 키스는 내가 애인에게 한 번 차이고 두 번 차이기 직전에 차이기를 감지하던 무렵 애인보다 연락이 더 잘 되던 사람과 했다. 두루마리 휴지가 있는 DVD방이었고 집에서도 볼 수 있는 영화 중 한 편을 골랐다. 휴대전화를 꺼내지 못할 깜깜한 방이었지만, 나는 자리를 잡고 슬리피를 빗고 영화가 시작될 무렵까지도 인상을 쓰며 어떤 알림도 없는 화면을 확인했다. 무언가 까끌까끌하고 두꺼워서 누군가에게 입으로 양말을 신겨주는 중인지 궁금했지만 눈을 뜰 수 없었다. 눈을 뜨면 이 사람이 내 애인이 아니라는 것과 방금 내 몸에 닿은 것이 겨울 양말이 아닌 사랑하지 않는 이의 입속 혀라는 것을 확인해야 했기 때문이다. 그는 나와 버스정류장까지 걸었다.

그는 내게 다음 중 하나를 물었다. 손 잡아도 돼? 다음에는 집에 데려다줘도 돼? 우리 어떤 사이지? 양손을 잡아도 되고 내가 너를 데려다줘도 되고 양손을 잡은 채 너를 데려다줄 수도 있었지만 나는 기다리는 연락이 있었다. 살다가 한 번쯤 너에게 양말을 신겨줄 수도 있겠지만, 네가 무슨 짓을 해도 나는 너를 기다리지 않을 거라는 걸 너무 잘 알았다.

네 차례의 키스 중에 무엇이 내가 하지 않은 키스일까? 아무도 나에게 키스할 줄 모르냐고 물은 적 없고 아냐고 물은 적도 없지만 나는 키스하지 않아도 될 상황에 키스를 해왔다. 상대를 원하는 내 느낌 대신에 상대가 나를 원하는 느낌을 따라갔다. 그간 무슨 일이 있었는지 이제 나는 키스하고 싶을 때만 키스하는 사람이 되었다. 키스하고 싶은 상대가 드물었으므로 키스하는 일은 자주 일어나지 않았다.

내게 중요한 것은 그와 내가 키스했다는 사실보다 두 사람이 마지막을 어떻게 다루었는가다. 집에 갈 때 가더라도, 이 키스가 우리에게 어떤 의미인지 둘이서 충분히 이야기할 수 있었다면 좋았을 것이다. 고작 키스하는 중에 뭐라도 이룩하려고 했던 내 발버둥은 과거가 되면서 머쓱해졌다. 우리는 키스 대신 무엇을

111

해야 했을까. 아마도 친목 도모, 아마도 등산, 아마도 농담.
두고두고 절레절레할 키스 이야기.

어깨가 건강한 사람

외투를 빨리 입다 날갯죽지에 베이는 듯한 통증을 느꼈다. 팔 하나를 끼우는 중이었는데 통증이 가시기 전까지 움직일 수 없어 그대로 멈추었다. 다른 날에는 편안함을 느낄 작정으로 침대에 몸을 던져 누웠는데 등이 이불에 닿자마자 어깨가 굳으면서 처음 느껴보는 근육통을 경험했다. 손톱만 한 근육에 묵직한 메주를 달아놓은 것처럼 어딘지도 모르겠는 어깨 부근의 근육이 당겨지는 것 같았다. 외투 사건을 잊고 경거망동한 탓이었다.

　나는 외투를 걸치고 아무 병원으로 갔다. 노부부와 중년 남자가 차례로 진료실을 드나든 뒤 간호사가 내 이름을 불렀다. 들어서며 외투를 벗으려는데 팔 한쪽을 빼면서 그날 느낀 날카로운 통증을 다시 느꼈다. 이번에는 짧았다. 근육도 통증을 받아들이는 방식을 터득한 듯했다. 의사는 안경을 벗고 몇 번 내 어깨를 돌려보더니 다시 풀썩 자리에 앉아 이야기했다. "이렇게 봐선 모르고요. 보통 내내 긴장해서 웅크리고 다니는 분들이 나이 들수록 어깨 통증을 호소하세요. 자기도 모르게 긴장을 하는 건데…… 의식적으로 긴장을 푸는 수밖에 없어요."

　긴장을 풀라니. 그게 가능한가. 긴장이라는 단어만 들어도 긴장하는 사람이 세상에는 있다. 들어올 때는 의식하지 않았던 정전기를 조심하며 문손잡이를 돌렸고 의사는 마우스를 똑딱이며 내 인사를 받았다. 따닥. 약은 따로 없다는 간호사의 말에 나는 긴장을 풀려고 했다. 약도 먹지 않고 주사도 맞지 않으면서 이 날카로운 통증을 해결하는 방법이 긴장을 푸는 것이라면, 긴장을 푸는 것은 얼마나 요원한 일인가. 나는 달성하기 어려운 과제를 떠올리며 긴장한 채 살다 일찍 죽어버린 자들을 떠올렸고, 자신이 일찍 죽을 줄 알았다고 말하던 아직 살아 있는 자들을 떠올렸다.

어째서 사람들은 어디에도 마음을 두지 못하는 사람의 이야기를 좋아하는 것일까. 자신도 그런 사람 중 한 명이라고 생각하는 것일까. 세심하고 민감한 영혼을 가졌다고 착각하는 것일까. 난 내가 스물다섯 되기 전에 요절할 줄 알았어, 세상을 견딜 수 없다는 듯. 나는 그라는 세상을 바라보며 고개를 끄덕인다. 응, 그렇게 생각했구나.

사람이 한심해지는 때는 한심하게 밥을 먹고 한심하게 잠을 자는 순간이 아니다. 한심하게 밥을 먹다가 누군지도 모를 옆 사람이나 앞사람에게 자기 이야기를 늘어놓을 때다. 한심하게 잠을 자다가 무슨 말인지도 모를 이야기를 쓰기 시작할 때다.

E와 몇 사람을 제외하고 누구에게도 내 이야기를 하지 않는 이유는 이야기가 끝나고 난 뒤 부메랑처럼 돌아오는 한심함을 참을 수 없었기 때문이다. 실컷 이야기한 뒤 내가 보게 되는 광경은 이런 것이다. 나름대로 이야기를 따라오다 머릿속 실뭉치에 걸렸는지 눈썹부터 눈동자, 입술 모양, 턱의 미세한 씰룩임에 이르기까지 얼굴의 온갖 세부에서 느껴지는 시끄러움. 그는 불가해를 스쳐가는 중인 것이다. 갈라진 입에서 새어 나오는 '음'이나 '아'까지 들었다면 내 이야기는 끝이 난다. 체념하지도 포기하지도 않았다는 듯 나는 마무리한다. 그가 내게 보일 수 있는 마지막 예의는 나와 함께 일상으로 돌아오는 것이다. 그러나 구식 기계는 출력 장치를 충실히 갖추고 있어 하위 호환의 결과를

요약해낸다.

　E는 또 이런 말을 한 적이 있다. "사람은 자기가 탁월함을
구현할 순 없어도 탁월한 사람이 누구인지는 귀신같이 알아봐.
거의 본능적으로 느껴. 그리고 절대로 놓치지 않으려고 해. 그게
비극이야." 나는 그 말이 무서웠다. 진실 같았기 때문이다. 욕심만
많은 괴물이 네 등 뒤에서 다가오고 있을지도 모르지. 인간의
한심함과 현명함은 그저 시기의 문제일 뿐이라고 생각했지만 바로
지금, 그게 아닐지도 모른다는 생각이 든다. 가동 범위가 얼마간
정해져 있는 거라면 어떤 이들은 결코 같은 자리에서 만날 수
없다. 모든 감정을 반 토막 내는 이들을 떠올렸다. 건강한 어깨를
떠올렸다.

우리는 그렇게 될 것이다

솔직한 사람은 어느 순간 웃긴 사람이 되는지 선생님은 솔직하고
웃겼다. 나는 그분이 부르는 곳으로 갔다. 선생님은 나와 사랑이를
부를 때 언니들이라고 불렀다. 돌솥밥의 돌솥과 잘 어울리는
사람이었다. 어떻게 지내시냐고 묻자 선생님은 "나 이혼했잖아"
했다. 우리는 환호했다. "그 뒤로 어떻게 지내세요?" 선생님은
이 사람 저 사람 만나고 있다고 했다. 신나서 이것저것 여쭤보니
첫마디가 "난 처음부터 좋았던 거 같다…… 담배랑 섹스"였다.
나보다 나이 많은 여자와 섹스 이야기를 하는 것은 재미있다.

선생님은 식당 1층에서 담배 한 대 피우고 헤어지자면서 적당한
데 섰다. 담배 몇 년 피우셨냐고 하니까 10년도 넘었다고 했다.
얇은 담배를 꺼내면서 "던힐은 건강에 좋아"라고 말했다. 선생님은
그날 돌솥밥을 싹 드시고는 한마디 날렸다. "사랑은 착각에서
시작해서 상처로 끝나." 나는 오오오 하면서 고개를 끄덕였다.

절대로 사랑에 빠지지 않을 것이다.

***

선생님은 주종을 고르면서 와인으로 하자고 그랬다. "사랑에
빠지기 좋은 술이잖아" 말씀하셨다. 하지만 와인은 머리가 돈다.
연애는 머리로 하는 것이 아닌가. 연애하기 좋은 술은 아닌데
싫지만 소주가 지닌 직행하는 느낌은 얼굴을 더 똑바로 보게 하고

116

표징을 드러내게 한다. 소주가 덜면 그닐은 삘리 취하니 조심해야
한다는 이야기를 들어보았다. 나는 소주를 좋아하지 않았지만
내가 좋아하는 친구들은 소주를 좋아했다. 그들에게 소주를
따라주며 꿀꺽 먹는 모습 보는 것을 즐겼다. 소주병을 쥐고 따르는
행동을 재밌어하다 가끔 맥주와 소맥이라는 선택지가 있음에도
굳이 소주를 마시는 날이 있는데 그건 하류 인생을 즐기고 싶은
날이다.

드르륵 병뚜껑을 따서 꼴꼴꼴 계곡물처럼 맑게 약간 모자란
듯하게 따라서 한입에 털기 좋게. 그러면 세상이 돈다. 네 얼굴이
돌고 의자가 돌고 전화기가 돈다. 오늘은 하고 싶은 것을 하지
않기로 한다. 이다음에 그가 내 머리통을 안아주면 좋겠다고
생각한다. 시간이 아주 많이 흐르면 우리는 그렇게 될 것이다.
이것도 하고 싶어서 소주를 파는 집에 간다. 김이 모락모락 나는
오뎅바에 앉아서 끔찍한 얼굴들도 보고 대화도 듣고 술맛도 본다.
침이 뒤섞이는 테이블 한가운데를 의식하면서 한 잔을 또 따른다.

그리고 나와서는 세상이 돈다 말하면서 아이스크림을 우걱우걱
먹는다. 누군가 내 얼굴을 감싸쥐고 아주 가까이에서 웃는다. 내
눈이 아니고 코 어디쯤을 보면서 이걸 안에서부터 생각했다고
이야기한다. 나는 정수기 앞에서 물 마실 때처럼 한 손을 허공에
나뭇가지처럼 이상하게 두고 나에게 일어나고 있는 일에 관해
생각한다. 그가 나를 안으면 나는 그때부턴 나에게 일어난 일에
관해 생각한다. 그는 어떤 노력도 하지 않으면서 내가 노력하게
만든다.

랠리

내 친구는 하룻밤 자고 마는 사람도 섹스하는 동안에는
자기야라고 불렀다. 자세히 물어보니 머리카락도 만지고
키스하면서 허리도 안는다고 했다. 그렇구나. 생각해보면 안
사랑하는 사람이랑 잘 때 무서울 만큼 좋았다. 안 사랑하니까 뭘
같이 하자고도 안 하고 뭘 다 안 하니까 몸이 가볍고 졸리지도
않았다.

　바깥세상과 차단된 방에서 느낌만을 주고받았다. 얼굴 안
봐도 되니까 간접등도 다 끄고 사랑이 없으니까 생각도 없었다.
사랑하는 사람이 없으니 기다리는 연락도 없고 사랑하지 않으니
잡생각도 안 들고 바라는 것이라면 그저 좀 아래를 만져달라는 것
정도이고 그 애의 팔이 떨어져 나갈까 걱정되지 않으니까 계속해
빼지 마 같은 말을 잘도 하는 거다. 그 애를 1분 만에 기분 좋게
해줘야 한다는 조급증에 시달리지 않았기에 결과적으로 기분 좋게
해줄 수 있었다.

　중간중간 하는 키스는 여러 가질 동시에 하면 더 흥분될 것
같아서 하는 건데, 그쪽에서 나를 꿀떡 먹듯이 받아들이면 나는
그 소리를 듣고 동력이 생겨서 안 건드려도 될 곳까지 건드린다.
무엇이든 물을 수 있다. 나는 곯아떨어졌다가 적정 수면 시간을
자고 일어나 어제 먹다 남긴 피자를 오늘 아침에 먹는다는 당연한
마음으로 환기만 한 번 하고 같은 자리에 눕는다. 아침에는 모든
게 처음부터 다시라서 몸은 처음처럼 생경해진다. 어제 하려다 만

것을 하기로 한다.

　그의 손은 아직 진화가 덜 된 사람의 것처럼 약간 축축하면서도
도구를 잘 집을 것처럼 견고했고 수족냉증이 없는 동시에 털도
없었는데, 옥이라기보다는 한지 같아서 스치는 느낌이 잘 났다.
이것도 하고 저것도 하는데 그 사람이 말을 했다. 자기 얼굴을
봐달라고. 그 후로 그 사람과 자고 싶은 마음이 들지 않았다.
그날 대체 어떻게 한 거지, 레시피처럼 어디 적어뒀어야 하는
건데. 생각해보면 들어올 때부터 다른 느낌이 났다. 미치고 팔짝
뛰는 순간에도 사랑한다는 말이 안 나왔다. 그 시간을 떠올려도
가슴이 뛰거나 그리워지거나 베개에 얼굴을 묻게 되지 않으니
이걸 섹스라고 불러야 할지 박진감 넘쳤던 랠리라고 불러야 할지
모르겠는 것이다.

여행

하와이는 뭐든 무성했다. 주황색이건 초록색이건. 온통 하얗고
가운데만 노란 꽃은 주먹만 하게 벌어져 방금 딴 것처럼 바닥에
떨어져 있었다. 문 열어둔 차 안에선 단박에 기분이 좋아질 듯한
향이 났다. 돌아보면 옆 사람 다리털도 무성했다. 집집마다 대문과
벽은 낡고 빛바랜 가운데 생명력이 들끓었다.

만섭이의 본명은 조지프인데 이 친구는 하와이가 고향이다.
이렇게 부러울 데가 있나. 만섭이가 어릴 때부터 자주 다녔다며
극찬한, 우리가 한국에 돌아오기 전날쯤 데려간 식당은 어딘가
종교적인 느낌이 나는 헬레나의 하와이 식당이었다. 가로로
넓고 흰 식당에 들어가면 저 끝 벽에 걸린 헬레나로 추정되는
여인의 커다란 액자가 잘 찾아왔다는 듯이 손님들을 맞이했다.
뭘 먹었는지는 모르겠다. 일단 배부르게 먹고 기분 좋게 웃으면,
이름은 한국의 블로거가 알려준다.

뽀얗고 탱탱하지만 포크로 몇 번 건드려보고 새끼손톱만큼
잘라서 먹은 것은 코코넛푸딩이었고, 그 옆에 채로 썬 양파는
왜 이렇게 놨는지 모르겠지만 의문이 생기지는 않았다. 이제 와
기억나는 것은 굵은소금이 씹히던 것과 식당에 들어가기 전에
누구 집 앞에 차를 댔는데 집에서 중년 여자가 나오더니 마음씨
좋게 웃어 보이며 거기 밥 먹으러 가는구나 잘 다녀와 하던 모습.

만섭이는 주민답게 우리를 이곳저곳으로 안내했지만, 나는
그와 거의 교류하지 않았다. 그가 자신의 거구를 이용해 나를 들어

올리는 놀이를 해줄 때 빼고는. 양쪽 겨드랑이를 맡기고 하늘로 올라갈 때는 나도 신나게 안겼지만 내려올 때는 어쩐지 예의를 차리게 됐다. 만섭이는 곱창찌개를 잘 먹었다. 식사 준비는 자기 일인 것처럼 부엌에 서면 예민했다. 만섭이는 어색해하는 나를 위해서 생일 케이크를 준비해다가 짜잔 하고 나타났다.

하와이에 머문 지 일주일쯤 되던 날 아침, 만섭이가 손바닥에 쏙 들어가는 플라스틱 용기를 들고 무언가를 냠냠 먹고 있었다. 에어비앤비에서는 집에 있을 때와 달라지니까 나는 몸속에서 솟구치는 부지런함을 감당하기 귀찮아하며 부엌에 앉아 있었다. 집이었다면 일어나자마자 밥 냄새 맡는 것도 싫었을뿐더러 부엌 식탁에 괜히 앉아 있는 일은 없었을 것이다. 만섭이는 영어로 뭐라뭐라 말했고 난 당연히 못 알아들었지만 별말 아닐 거라 생각하고 고개를 끄덕였다. 그가 포크와 용기를 건넸다. 꽤 큰 덩어리 하나를 금방 삼켰고 만섭이의 눈을 찔러서라도 이걸 다 먹고 싶을 정도로 끝맛이 당겼다.

그 뒤로 우리끼리 해변 드라이브를 갈 때, 가서 먹을 것을 파는 트럭 앞에서 비둘기들과 함께 줄을 서서 차례를 기다릴 때에도 만섭이는 슈퍼를 나서며 그걸 먹고 있었다. 나는 계속해서 그의 눈을 찌르고 싶다는 생각을 하며 여행이 끝날 때까지 만섭이가 가진 것 중에 가장 탐나는 것은 아무 데서나 잘 자는 성격도 그래그래 하는 낙천적인 면모도 아닌 바로 저 음식일 거라고 생각했다.

만섭이는 아침을 먹지 않으면 살 수 없는지 일찍 일어나 밥을 차렸다. 코코넛오일에 구운 채소, 쌀밥, 일본 컵라면, 내 맛도 네 맛도 아닌 김치 따위가 올라왔다. 포크와 이 집 서랍에서 꺼낸

121

근본 없는 쇠숟가락이 뒤섞여 그런대로 아침상이 차려졌다. 플라스틱 위에 올라간 뜨거운 음식을 이해해줄 수 있는 경우는 이국의 에어비앤비에서뿐이라고 생각하며 맛있게 먹었다. 가장 먼저 다 먹고 일어난 나는 냉장고에서 꺼낸 병맥주 목을 손가락 사이에 끼우고 테이블에 아무렇게나 올려두었다. 평소라면 하지 않을 짓이었다. 그걸 들고, 친구의 담뱃갑에서 내 손가락보다 얇은 담배를 한 개비 꺼내 인중에 올린 채 테라스 의자에 앉았다. 발을 움직일 때마다 흔들리는 부실한 철제 테이블에 자리를 잡고 어디서 왔는지 모를 오래된 풀 냄새를 맡으며 막 나른해지려는 참이었다.

국경을 넘었으니 안 하던 짓도 해봐야지. 나는 마약에 취해 끝내주는 시를 쓰는 장면이 나오면 아무리 재미없는 영화라도 잠깐 집중했다. 그거야말로 노력하지 않고 내가 나를 넘어설 수 있는 방법이라고 여겼다. 타이완 택시기사들은 마약하는 데 모여서 자유시간을 보낸다더라 하는 이야기를 들으면 택시 뒷좌석에 타서 은근히 그 문화에 관심 있단 걸 흘려보고도 싶었지만, 세상은 마약을 궁금해하는 사람에게 다른 것도 권할 것 같았다. 창밖으로 공룡이 보인다잖아, 오르가슴이 더 강하게 느껴진다잖아, 공룡을 보고 싶은 것도 오르가슴을 느끼고 싶은 것도 아니었으나 온갖 데서 주워들은 이야기가 한데 모여 상상할 수 있는 것 이상으로 좋은 게 대체 어떤 걸까 기대하게 했다.

낮의 물놀이에 나른해진 몸으로 장까지 봐다가 밥을 해 먹고 소파에 구겨져 휴대전화를 만지고 농담도 하다가 어떤 영화를 틀어놓을까 그러고 있는데 한 명이 꿈지럭대더니 서브웨이 쿠키 같은 걸 꺼냈다. 나는 그의 직업이 의사라는 것을 기억해낸 뒤 그가 사람 수대로 나눈 쿠키 조각 하나를 덥석 받아먹었다. 삼켰고, 세상이 돌았다. 나는 지금 어떻게 살아 있는 것일까? 코끼리 코 열 바퀴를 돌고 블리자드에 올라타 틀린 그림 찾기를 하는 것보다 더 어려웠다. 시간이 흐를수록 뭐든 더 심해질 것 같아서 조금이라도 멀쩡할 때 이 자리를 피하자는 생각으로 2층으로 올라갔다. 영화 속 인물들이 어떻게 끝내주는 시를 쓰는지 알 수 있을 것 같았다. 한 단어를 떠올리면 그 단어와 비슷한 단어 천만 개가 떠올랐다. 머릿속에 그려졌고 따라 적기만 하면 될 것 같았는데 적을 수가 없었다. 피부에 닿는 모든 게 너무나 강렬해서 아무것도 만질 수 없었다. 몸을 움직이는 느낌이 싫어서 한번 자세를 잡으면 움직이고 싶지도 않았다.

살갗에 닿는 하얀 이불의 실을 한 올 한 올 감각하며 예민해진 나는 극도의 불안감을 느끼며 아무도 가까이 올 수 없게, 아무도 멀어지지 못하게 만들었다. 몸에 뭐가 닿으면 죽을 것 같았고 눈앞에 사람이 안 보이면 불안해서 돌 것 같았다. 벽에 걸려 있는 액자 안에서는 내가 만들어낸 영상이 흘러나왔고 손톱에서도 감촉이 느껴졌다. 이대로 영원히 깨어나지 못하면 어떡하냐고 유창한 한국말로 의사에게 이야기하다가 잠들었다. 그 사람은 이튿날 자신이 건넨 쿠키에 관해 설명해주었다. 예민한 사람은 더 예민해지게, 늘어지는 사람은 더 늘어지게 만들어준다고. 그걸 왜 이제 말해. 그러나 파파고를 켤 힘이 없어서 그저 살아 있음에 감사하고 말았다. 어차피 듣지도 않고 삼킨 건 나였다.

123

워싱턴 김치찌개

김치찌개의 시큼한 맛이 입하고 위장에서 겉돌 때가 있다. 그럴 땐 두부를 건져 먹게 되는데 그러면 붕 뜬 맛이 중화된다. 나는 온갖 버전의 김치찌개를 안다. 김치찌개는 감자볶음이나 버섯전같이 기름기 있고 살짝 느끼한가 싶은 반찬이랑 같이 먹을 때 맛이 더 산다는 것도.

가장 익숙한 것이 가장 좋아하는 것은 아니어서, 어디서 먹은 김치찌개 맛에 놀라 뒤로 자빠질 뻔한 이야기를 하게 될 줄은 몰랐다. 예상하는 그 맛인데, 뭘 더 넣거나 덜 넣은 것도 아니었는데…… 그건 정말 맛있는 김치찌개였다. 워싱턴에서 먹은 김치찌개. 우린 자다 말고 배가 고파 새벽까지 여는 한식당을 찾았다. 한국이었다면 편의점 가서 김밥에 컵라면으로 때웠을 허기였지만, 편의점도 없거니와 며칠째 목감기 앓느라 푸짐한 한 상을 못 먹은 데서 오는 억울함을 보상받고 싶었다.

이름도 기억 안 나는 그 집. 문 열자 둥둥거리는 클럽 노래 나오고 바에선 사람들이 독주를 마시고 있었다. 가슴을 반 이상 드러낸 사람들과 울끈이불끈이들이 페로몬을 뿜으며 홀을 돌아다녔고 테이블에선 동양인 여자 남자 몇 명이 소맥에 안주를 먹고 있었다. 여기서 밥을 판다고……? 눈치를 살피는데 직원이 쿨하게 메뉴판을 건넸다. 메뉴판엔 김치찌개, 감자탕, 부대찌개, 수육, 콘치즈 등 글자만으로 나를 안심시키는 메뉴가 있었고 우린 김치찌개에다 공기밥 두 개를 시켰다. 목과 팔이 두꺼운 남자가 김치찌개를 가져다줬다.

사이키 조명 돌아가는 데서 김치찌개를 펄펄 끓였다. 한국
돈으로 2만 원을 훌쩍 넘는데, 맛없지 않았으면 좋겠다는
생각으로 한 숟갈 떠 먹었다. 국물 맛에 눈이 튀어나올 뻔했다.
탄성이 나왔다. 고개 갸웃하고 이번엔 건더기를 먹었다. 약간 얇은
듯 넓적하게 썬 두부, 너무 시큼하지도 뻣뻣하지도 흐물하지도
않은 적당한 다홍빛 김치! 이것만 가지고 신묘한 맛이 났다.
두부엔 국물 맛이 배어 있었다. 신기해서 계속 먹어봤다. 흰쌀밥은
가마솥에 장작불로 지었을 리 없건만 반들반들하고 질지 않았다.
밥알 사이로 국물을 흘려 넣으면 보기 좋게 물들었다. 요리에서
'적당히'가 구현되면 특별한 것 없이도 괴력이 생기나 봐.
주방에서 김치개 조리를 마친 뒤 구석 테이블에서 한쪽 다리
접고 한국 드라마를 마저 보던 중년 여성의 인생사가 궁금해졌다.

밥 한 그릇 더 먹을까, 안 하던 소릴 하고 아 여기 너무 맛있다
이거 분명 생각난다 그러면서 김치찌개를 하나 더 주문해
포장했다. 새벽 두 시 넘어 배 두드리고 나온 우리는 다음번엔
다른 거 먹어보자 그건 또 얼마나 맛있겠냐 그리고 차에 타서는
내일이면 워싱턴을 떠나야 한다는 생각을 했다. 플라스틱 용기에
담긴 김치찌개를 캐리어에 넣어야 할까 배낭에 넣어야 할까 그냥
또 먹고 없애면 안 되나 그럴 수 있을 것 같은데. 우린 이튿날
아침으로 행복하게 찌개를 데워 먹었고, 줄어드는 것이 아까워
물과 김치를 더 넣어가며 끓여 먹었다. 감각을 공유할 수 있는
사람과 친해지는 걸까 아님 감각을 공유하다 보니 친해지는 걸까.

여행지에서 먹은 한식이라 유난하게 느낀 것일 수도 있겠으나
그전까지 한식당과 한인 마트 문턱 닳도록 드나들며 된장찌개와

궁중떡볶이와 버섯전골을 먹었다는 점을 고려해야 하고, 미원 때려 박은 맛에 혀가 정신 못 차린 것일 수도 있겠으나 먹은 뒤 니글니글하지 않았다는 점을 상기해야 한다. 다만 '맛있다'가 '유일하게 맛있다'로 변하는 과정은 미지의 세계로 남아 있다. 별 기대 안 했는데 뺨따귀 후려칠 만큼 맛있었던 거, 오밤중 찾아간 섹시클럽에서 한 그릇 훌훌 다 먹고 냄비 바닥 긁으면서 배 채우다 맞은편 인간에게 동지애 느낀 거, 울끈이불끈이들 사이에서 새벽까지 일하는 엄마뻘 직원분이 궁금해졌던 거, 그곳에서의 내 기분까지 다 맛으로 쳐야 할지 아직 모르겠다. 김치찌개 먹으러 워싱턴 갈래? 하면 두말없이 가겠다는 것밖에.

밥

배 깔고 누워 머리 말리고 있는데 오늘 두 끼 먹은 게 생각났다.
급격히 배가 고파지며 감자랑 두부 넣고 가볍게 끓인 된장찌개랑
흰쌀밥이 먹고 싶어졌다. 베란다를 뒤졌는데 감자 상자는 없고
양파만 한 망. 냉장고 벌컥 여니 고추 파 마늘 다 있긴 한데
결정적으로 감자가 없다. 포슬포슬한 감자를 좀 많다 싶을 정도로
넣고 팔팔 끓여 먹고 싶은 건데. 된장도 양념한 된장뿐이어서
집에서 먹긴 포기. 휴대전화 부여잡고 주변 24시 분식집을
검색하니 걸어서 9분. 엄청나게 좋은 자리에 차를 대놨기
때문에 차 끌고 나갈 순 없었다. 그새 뺏길 테니까. 찬장을 여니
감자수제비 가루가 보였고 여긴 감자 들었지 이거라도 먹자 싶어
작은 냄비에 물 올리고 냉동실에서 찾은 김말이랑 김치만두
구울 프라이팬도 올렸다. 아까 베란다에서 봤던 말린 표고버섯
하나 주워다 국물용으로 넣고 매콤함을 위해 물 끓기 전에 먼저
다진마늘 반 순갈이랑 청양고추 한 개도 썰어 넣었다. 간장 두
가지 넣고 소금 넣고 통후추 갈아 넣고 잠시 끓는 사이 빠르게
반죽 치대 뚝뚝 떼고 엄지손가락으로 꾹꾹 눌러서 첨벙첨벙
넣었다. 반죽이 떠오르면 익은 거. 팬에서 기름 튀는 소리 나면
냉동 김말이부터 굽고 수제비는 엄마가 무친 오이지랑 먹었다.
국물까지 환장하게 맛있는 감자수제비는 조용한 식사의 미덕을
아는 사람도 어쩔 수 없이 짭짭 소리내도록 만들 만큼 쫀득해서
다 먹고 한 번 더 해 먹었다. 술자리에서 막 울던 친구 데려다

먹이고 싶은 맛이었다. 땀 뻘뻘 흘려가며 말도 없이 허겁지겁 먹고 한 번 더 먹을까요? 맥주도 딸까요? 아 좋지, 배 터지겠다 졸린데 못 자겠다 그러는 사이 걱정은 잠시 잊힐 것이다. 국물 만드는 데 5분도 안 걸렸는데 이렇게 깊고 복잡한 맛이 나? 나 자신에게 놀란 뒤 뭘 영원히 먹을 수도 있을 것 같아 다시 냉장고 문을 연다. 남은 반죽 다 먹을 때까지 수제비 안 끝나.

수박

꿈은 현실의 나를 비웃고 나를 넘어선 세계를 보여준 뒤 잠과
함께 달아난다. 꿈에서 나는 수재민이었고 집에 갇혀 식량
배급을 기다리며 갈증에 시달렸고 친구에게 수박이 먹고 싶다고
계속해서 말하면서 계속 말하니까 입이 더 마르는 것 같다고
투덜대며 창밖으로 동해처럼 푸른 물이 철썩철썩 아파트 높이로
파도치는 모습을 보고 있었다. 그러다 장면이 바뀌어 나와 친구는
뷔페에 갔고 값을 치르지 않은 상태였는지 주변 사람들 눈치를
보았다. 방금 채워놓은 것처럼 반짝반짝 물기가 도는 진홍색
수박은 겉으로 보기에도 낮은 온도와 높은 당도가 느껴질 정도로
먹음직스러워 보였다. 꿈이 다른 음식을 그려낼 힘을 모두 모아
수박 형상화에 쏟아부었는지 그 수박은 지금껏 보아온 어느
수박보다 더 수박 같았다. 나는 그걸 꼭 한입이라도, 아니 사실 그
자리에서 허우적대며 먹고 싶었는데, 덥석 두 쪽을 집어 접시에
놓자 컨베이어벨트에 실린 듯 떠밀려 다음 장면으로 넘어가게
되었다. 수박 먹는 시간은 찰나였고 무척이나 달고 시원하고
맛있었다는 생각만 남았다. 씨는 뱉어가며 먹었는지 손잡이는
어디다 버렸는지 입가에 핑크색 물이 묻었는지 손은 끈적했는지
어금니까지 시원했는지 세부는 기억나지 않고 그냥 그 수박이
무지하게 맛있었다는 느낌만, 어떤 수박보다 더 수박다웠다는
인상만 남아 있다.

　수박이 먹고 싶은데, 검지와 중지를 접어 두드리면 통통 소리가

나는, 2만 원도 넘고 3만 원도 넘는 그런 녀석을 쩍 갈라서. 그러나 경험을 통해 아는바 이러나저러나 그 맛을 다시 보진 못할 거다. 상상은 현실보다 생생하고 빈틈없이 확실하다. 꿈이 아닌 데 있는 나는 수박이 먹고 싶다.

귤

제주도에 놀러 가자는 말은 어떤 사이에서 할 수 있는 것일까?
놀러 가긴 가는데 껌껌한 밤에 동네 사람들도 없는 길에서
귤나무 근처를 어슬렁거리면서 신발 끄는 소리만 들리는 길을
걷고도 무사할 수 있을까. 여기저기 귤을 팔다 못해 어디는
길에 귤나무까지 내놓고 귤나무 팝니다 하는 이곳에서 귤 한
망을 못 구해 편의점도 들러보고 하다 하나로마트에 들어갔다.
찬바람 부는 채소 코너 앞에 가니까 저 깊숙한 데 귤 여섯 개 든
스티로폼이 보여서 꺼냈더니 1300원이었다. 하나를 더 집어서
계산하고 차에서 먹었다. 숙취를 몰아낼 것 같은 시원한 맛이었다.
상큼한 맛이 단맛을 살리고 단맛이 다시 상큼한 맛을 살렸다. 삼시
세끼 이것만 먹으래도 먹겠다고 생각하며 우적우적 먹었다. 턱을
움직일 때마다 알이 튀었고 껍질을 뜯으면 얇은 막이 투둑투둑
뜯겼다. 씨앗처럼 생긴, 귤 젤리처럼 말랑한 그것들을 하나도
흘리고 싶지 않아서 거의 껍질을 입술에 대고 털어 넣듯이 씹어
먹었다. 끝까지 내려놓은 창으로 늦은 오후의 쓸쓸한 공기가
들어오는데 이 주변에 아는 데라곤 숙소랑 편의점밖에 없고
어디가서 흡족한 재미를 찾아야 하나 알 수 없는 와중에 귤이
맛있었다. 블로그 후기에 속아 헛헛한 마음으로 식당을 나오는 게
몇 번 반복된대도 제주에서 맛있는 귤을 먹었으니 됐다. 그럴 만큼
맛있는 귤이었다.

오렌지

오렌지 두 개를 한 사람이랑 먹으려고 챙겼는데 잊어버리고
있다가 그대로 집에 가져왔다. 오렌지는 잘못 가르면 구슬 같은
속살이 터진다. 여름 과일은 서서 급하게 허겁지겁 먹게 된다.
감과 사과는 점잖게 깎아놓고 포크로 찔러 먹지만 오렌지한테는
그런 게 안 되는 것이다.

오렌지 기분

가수원성당에서는 미사가 끝나면 아이들에게 오예스와 요구르트를 주었다. 나는 미지근한 요구르트와 가짜 초콜릿 맛이 나는 오예스를 거절하는 어린이였다. 그런데 가끔은 이상할 정도로 요구르트 생각이 났다. 컴퓨터 학원에 갈 때나 시장을 가로질러 걸을 때, 놀이터에서 그네 순서를 기다릴 때, 친구네서 놀다가 어둑해져서 언제 집에 가야 할지 고민이 될 때, 레고 조각을 밟고 아파하며 발을 쥐고 있을 때, 남의 프라모델을 고장 냈을 때(그리고 그가 사과를 받아주지 않을 때) 요구르트 먹고 싶다는 생각에 불이 들어왔다. 이것은 규칙적으로 찾아드는 욕구였다.

주머니에 만 원짜리를 접어 넣고 자전거에 올라 언덕 위 약국으로 내달리던 때, 나는 오로지 언덕을 오르는 것만 생각했다. 엉덩이를 번쩍 들고 열심히 자전거를 탔고 마데카솔 달라고 말하며 주머니에 손을 넣었는데 지폐가 없었다. 다시 자전거를 타고 내리막길을 달리던 때 요구르트가 먹고 싶었나? 지나온 곳을 다시 가보며 정말 없네 하고, 자동차 밑에 끼어 있는 건 누가 버리고 간 축구공뿐이라는 걸 확인하던 때 먹고 싶었나? 열쇠로 현관문을 열고 들어가 마데카솔 사 왔느냐는 엄마의 말에 돈을 잃어버린 것 같다고 답하며 표정 변화를 지켜볼 때 먹고 싶었는지도 모르겠다. 그럴 때 냉장고에서 요구르트를 찾는다고 해도 나는 그것을 먹지 않았을 것이다.

살다 보니 그 기분이라는 게 내 상태와 연관되어 있음을 알
수 있었다. 하지만 그 이상은 알아내기 어려웠다. 다행히 구하기
어려운 것을 원하는 것도 아니라서—노루 입술을 핥고 싶어 같은
게 아니라는 점에서—그만하고 접어두었다.

어느 날은 대학가 밥집에서 찌개를 한 그릇 시켰는데 인심
좋은 식당 주인이 나타나 튀김도 주고 카레도 얹어주고 반찬
통에 떡볶이도 있으니 가져다 먹으라고 했다. 이어서 나타난
밝은 성격의 강아지 두 마리…… 이럴 때는 요구르트 먹고 싶은
기분이 들지 않을까? 아마 그럴 가능성이 높을 것이다. 하지만
요구르트 먹고 싶은 기분은 대중없이 찾아왔기 때문에, 그것은
부재하면서도 나를 장악할 수 있었다.

가까운 사람이 생기면 요구르트 먹고 싶은 기분을 아는지 종종
확인하곤 했다. 어떤 식이었냐 하면, 내가 너를 외롭게 하냐고
묻고 집에 가고 싶으냐고 묻고 누군가 너를 안아주면 좋겠는지
물었다(이중 어느 것도 요구르트 먹고 싶은 기분을 정확히 설명해주지
못했지만). 나는 목적지에 도달할 수 없는 대화를 최선을 다해 나눈
뒤 상대가 아니 그게 뭐야 하는 반응을 보이면, 요구르트 기분이
두려워졌다. 그렇게 언제부터인가 요구르트 기분은 기억 속에만
존재하게 되었다.

어떤 날 나는 이런 생각을 하기 시작했다. 네가 말하는 사랑은
별 볼 일 없구나. 너 없으면 나는 죽는다 말하던 사람들 죄다 살아
있구나. 내겐 너밖에 없다고 했던 사람에게는 사실 이것도 있고
저것도 있구나. 사랑은 아무것도 멈춰 세우지 못하고, 또 사랑을
잃고도 너는 웃고…….

거봐 내 말이 맞지 하고 돌아보는데 쑥, 내 입안으로 누군가

오렌지를 밀어 넣었다. 침이 나왔고 나는 그것을 씹어서 먹었다. 맛있는 오렌지였다. 배꼽이 크고 주황색이고 손으로 가르면 스티커 떼어내는 소리가 나는. 그는 내 속도에 맞춰서 새로운 오렌지를 한 쪽씩 먹여주었고 내 입안은 오렌지 과육으로 가득 찼다. 너무 맛있어서 말할 기분이 들지 않았다. 세상에서 제일 맛있는 것은 오렌지야, 맛있는 것 중에 제일 맛있는 것은 오렌지야! 하고 소리치고 싶었다. 땀을 마르게 하고 멀미를 가시게 하고 소화불량을 없애주는, 완벽한 오렌지.

오렌지 냄새가 풀풀 났다. 입가가 끈적하고 속은 누가 훑고 간 것처럼 새로웠다. 내려다보니 바지에 오렌지 물이 동그랗고 딱딱하게 말라붙어 있었다. 그때부터 내가 기다리게 될 것이 무엇인지 알 수 있었다.

버터플라이라넌큘러스

주변을 싱그럽게 하고 환기하는 사람은 목소리를 높게 내는 사람도 눈꼬리를 휘며 웃는 사람도 아니라는 걸 알고 있었지만, 그렇다고 다른 정의를 가지고 있지도 않았다. 나는 어떤 사람을 알게 되었는데(이런 일은 자주 일어나지 않는다) 그는 내 기분이 하루에 몇 번이나 바뀌는지 아는 것 같다.

그는 밥을 먹으러 가다가도 꽃집에 들러 꽃을 샀다. 초록색 소주병과 갈색 맥주병이 놓인 테이블들 사이에 놓인 꽃. 집에 가서는 부엌에 서서 컵을 하나 쓴다고 하더니 물컵이나 술잔으로 쓰는 투명한 잔에 물을 채워서 꽃을 꽂아두었다. 노란 프리지어를 담은 컵 밑에 노란 포스트잇을 받쳐두었기에 멋인가 했는데, 며칠 뒤 그가 포스트잇을 들여다보았냐고 물었다. 거기에는 잘 보이지 않는 색깔로 글자가 쓰여 있었다.

어떤 날에는 조수석에 타 있던 그가 여기 잠깐 내려줄 수 있어, 묻더니 어디서 목련 한 송이를 가져왔다. 냄새를 킁킁 맡곤 바닷바람에 냄새가 날아갔나? 하고 내려놓더니 한참이 흘러선 아 이제 향이 올라온다 하면서 코밑에 대어주었다. 그는 장난인지 진짜인지 모를 말을 잘한다. 어떤 농담도 생각나지 않는 날이 그에게도 있을 것이다. 하지만 중요한 것은 어떤 때라도 그는 나보다 유연하다는 것이다.

하상도로에서 보았던 돌연변이 유채에 대한 두려움으로 유채밭의 노랑을 보고도 못 본 체할 때, 그는 길에 핀 유채를 보고는 유채를 볶아서 먹을 수 있다며 내 공포심을 자극했다. 저 유채는 길에서 매연도 먹고 오줌도 먹었을 테니 볶아 먹진 말자고 하면서 말렸다. 나중에 그의 휴대전화 검색 기록을 보다가 그가 유채볶음을 검색한 걸 알았다. 다른 풀에서도 나는 풀 냄새가 났던 유채 한 다발은 투명하고 길쭉한 컵에 담겨 부엌에 놓였다. 떡국을 끓이다가 왼손으로 그걸 쳐서 물이 조금 쏟아졌는데, 쏟아진 물이 말라갈 때쯤 그는 부엌을 돌아다니다 "얘네 물 진짜 많이 먹는다" 하면서 물을 조금 더 받았다. 그걸 보고 내가 쏟았다고 고백했다.

또 그는 여기 잠깐 세워보라고 하더니 고라니처럼 달려 나가 알지도 못하는 주황색 열매를 하나 주머니에 넣어서 차에 탔다. 서리꾼에게도 상도가 있다며 멀쩡하고 팔 수 있는 건 안 딴다고 했다. 우리는 마트에 가서 천혜향과 한라봉과 감귤을 사 먹었다. 주워 온 그것은 껍질이 손톱도 안 들어가게 단단했다. 그는 숙소에 가서 열매를 반으로 가르더니 가른 면에 아로마 오일을 한 방울씩 떨어뜨렸다. 나는 잠에서 깨어 침대 머리맡에 놓인 열매 반쪽을 보았다. 양치하고 돌아오는 길에 발치에 뚫린 창가에서 다른 반쪽을 보았다.

자연을 집 안에 들이는 면모가 내게도 옮아 왔는지 어느 날은 운전을 하다가 동백을 보고 저 동백 좀 갖다달라는 말이 나왔다. 그는 또 뛰어내려서 안 보이는 데로 사라졌다. 그러곤 한참 후에 문자를 보내 왔다. "지금 지나가는 초등학생 여자애들 내가 준 동백 들고 가고 있어." 가방을 메고 이야기를 하며 지나가는 여자애들을 사이드미러로 보았다. 그 동백은 빨간 컵에 담겨 식탁 위에 놓였다.

그는 바닷가에 가면 돌과 조개껍데기를 서너 시간씩 줍는다고 했다. 나는 바다에서 그가 나도 보지 않고 술도 먹지 않고 채집만 할까 봐 조금 걱정이 되었다. 그러나 어쩔 수 없는 일이라 그렇게 되면 나는 가까운 카페에 가 있겠다고 했다. 그날은 집에 가서 목욕을 네 시간 동안 하는 언니에게 물어보았다. 언니 바다에서 뭐 줍는 거 좋아해? 응, 재밌잖아. 돌도 줍고 조개도 주워? 돌은 안 줍는데, 못 먹는 걸 왜 주워?

또 그는 아무것도 없어 보이는 길에도 관심을 가지며 이 가게 저 가게 들어가보려고 했다. 저건 뭐지 하면서 나라면 먹지 않을 메뉴—레몬 맛이 나는 파운드케이크 같은 것—를 주문하기도 했다(그는 이런 식으로 쌉쌀하고 새콤달콤한 맛이 나는 레몬티를 찾아냈다). 그는 나라면 평생 먹지 않을 새로운 음료를 잘도 마셔보았고, 동시에 두 잔을 마시기도 했다.

혼자 있었더라면 아는 길까지 갔다가 돌아오는 산책을 했을 것이다. 아는 카페에 가서 마시던 걸 마시고 확실히 좋은 노래 몇 곡을, 어디서나 듣던 노래를 이번에도 듣고 좋을 게 분명한 바다를 보다 왔을 것이다.

기념사진을 찍는 것이 창피한 일이라고 생각하면서도 나는 그 때문에 휴양림 입구에 어색하게 서서 찍은 사진과 카페 사장님께 부탁해서 찍은 사진을 보며 흐뭇해한다. "나중에 보면 너도 좋아할 거야." 그런 말은 어디까지 알고 하는 것일까.

내일부터는 너처럼 안 가본 데도 가보고 해야겠다고 말하니 그는 왜 기준을 자기로 삼느냐면서 일인용 소파에 앉아 테이프로 코트에 붙은 먼지 떼는 일을 계속했다. 나는 그를 보면서 사람은 상반된 특질을 지닌 사람에게 매료되는 것 같다고 말했다. 그는 계속 테이프로 먼지를 떼며 알 수 없는 면, 예측 불가능함 때문에 그 사람을 궁금해하다 매력을 느끼는 것 아니냐고 했다.

　친구와 있다가도 나는 불쑥 그에게 전화하고 싶어진다. 그는 어쩌면 그렇게 전화 걸고 싶은 사람으로 태어났을까. 그건 차라리 어디까지나 가벼워질 수 있고 끝 간 데 없이 깊어질 수 있으며 그 어디에 있든 자신이 어떤 상태인지 모를 수 없기 때문인 듯했다. 나는 웬만하면 그에게 전화하지 않는다. 그가 자거나 고양이와 있거나 빨래방에 가거나 책을 읽을 것이기 때문이다. 그러는 동안 그의 속에서 일어나는 일을 알 수 없기 때문이다. 그는 모든 친구를 다 다르게 대할까? 그럴 것 같다. 그래서 너 참 자상하다고 하면 그는 관계가 다 다르니, 상대가 어떤 면을 불러일으키는지와 관련 있는 거 아니냐고 대답할 것 같다.

　나는 그를 오래 본다. 나는 어디까지 갔다가 돌아온다. 이 표정은 누구에게도 보인 적 없는 것. 처음 보는 문장으로 가득하지만, 꼭 한번 이해해보고 싶은 책을 매일 가방에 넣고 다니는 것처럼 나는 포기할 수가 없는 것이다. 알 수는 없고 가까울 수는 있다. 나는 그와 아무리 오래 붙어 있어도 그를 손 한번 잡아보지 않은 사람처럼 느낀다.

가을 하늘

수통골 근처 사는 누군가는 이맘때 긴 바짓단 끌고 여름 내내
신던 슬리퍼를 그대로 신고 큰 나무가 늘어선 길을 정처 없이
걷는 걸 좋아했다. 크고 조용한 나무 밑에서는 참새를 만날 수
있다. 참새는 때로 있을 때는 내가 나타나면 금세 알아채고 포르르
날았지만, 이상하게 한 마리 저 혼자 있을 때는 가까이 있는지
서로 잘 모르다가 거의 부딪치기 직전에 알아보고 폴짝폴짝
옆으로 비켜섰다. 가까이에서 보면 모든 것이 생경하게 느껴진다.

　사람이 싫고 징그럽게 느껴지는 순간은 자주 온다. 그런데
동시에 다른 사람도 온다. 정말이지 달콤하고 귀엽고 세상의 온갖
추악한 면을 한순간에 녹이는, 페이스트리 같은 사람. 덴동에
올라간 김 튀김처럼 바삭바삭하고 오래오래 입맛 당기는 사람,
볕에 잘 마른 돌계단처럼 단정하고 포근한 사람, 하늘과 햇빛과
이파리가 주는 느낌을 해치지 않으면서 천천히 대화할 수 있는
사람.

　가을 하늘은 높고 청명해서 천장이 높은 집으로 돌아온 기분을
준다. 모두 누군가를 생각하며 하늘을 찍는다.

편지

방을 정리하다 편지를 모아둔 상자가 보이면 경건하게 집어
들어 한 장씩 천천히 펼쳐본다. 보낸 사람은 잊고 받은 사람만
주기적으로 읽으며 새기는 이것을 청승이라고 해야 할지, 쓴
사람은 여기 없는데 받은 사람만 미련하게 빙빙 돈다. 그가 나를
아직도 이렇게 여기고 있는지 손바닥 뒤집듯 마음이 바뀌었는지는
모르지만, 나와 그 사이에 이런 순간이 있었다는 것을 기억하려고
편다.

효는 나의 첫 시인 친구다. 내가 그를 알기 전부터 그는 시를
썼고 대전에서 기차를 타고 조치원으로 습작 모임을 다녔다.
산문과 시를 다르게 쓴다는 점, 적은 단어로도 언어 너머의
이야기에 데려다놓는다는 점에서 나는 그를 시인이라고 생각했다.

그와 시 이야기를 했더라면 좋았을 텐데, 우리는 프로젝트
팀에서 만나 일을 하는 사이였다. 우리는 글을 다루는 팀에
배정되었고, 서로를 모르는 채 한데 묶였다. 그는 교지를 편집해본
경험이 있었고 다른 사람의 글을 볼 줄 알았다. 여기서 이거
띄어 쓰나? 하면서 내가 맞춤법 검사기를 돌리고 있으면 그는
국립국어원의 온라인가나다 사이트를 활용하는 법을 알려주었고,
거기서도 명료해지지 않으면 품사와 용례를 따져 판단했다.

나는 그런 친구 앞에서 이렇게 쓰고 싶고 저렇게 쓰기 싫다고
이야기하며 망아지처럼 행동했다. 그는 묵묵히 있다가 이 문장과
저 문장의 간격이 어째서 어색한지 짚어주었고 나열된 단어들

가운데 하필 이 단어가 튀는 이유를 설명해주었다. 나는 그가 회의 말고 시 모임에서, 사석에서 어떤 말을 하는지 궁금했다. 생일도 프로젝트를 그만두던 날도 아닌 어떤 날, 그로부터 받을 줄 몰랐던 편지를 받았다.

"이런 말을 하려니 약간 민망한데"라는 말로 시작되는 그 편지에는 이런 내용이 있었다. 만난 지 얼마 안 되었을 때 집에 가려고 버스를 기다리는데 효가 내 이름을 아직 외우지 못했다고 "빨리 외워야 하는데" 말했다. 나는 빨리 외우지 않아도 된다고 했다. 효는 그 대답에 감명을 받은 것 같았다. 기억해준 그가 고마우면서도 그러면 세상에는 "빨리 외워야 하는데" 하는 사람한테 "그래 당장 외워"라고 말하는 사람도 있는 것일까 생각했다.

그 후로도 우리 관계는 일을 중심으로 흘러갔고 따로 만나는 일은 없었다. 어느 날엔 "버스 타고 가다가 너 봤어"라는 메시지를 받았고, 오케스트라 공연 보러 오라는 이야기를 듣기도 했다. 그가 프로젝트를 마치고 나간 뒤에는 종종 그의 퇴근 시간에 맞춰 술과 커피를 마셨다. 짐 정리를 하지 않을 때도 이따금 그 편지를 꺼내서 보았다.

맨 얼굴

우리는 사회과학대 건물에서 만났다. 네가 휴학하는 동안 나는 편입했고 내가 학교에 적응할 무렵 너는 복학했다. 휴학하기 전에 너는 영화 동아리 '영화, 우리들의 이야기'(줄여서 영우리)에서 활동을 했다. 방송제작실습실 컴퓨터에 있던 영우리 영상에서 너를 처음 보았다. 옆에 서서 영상을 틀어주던 선배들은 "얘가 진짜 대박이야"라며 너를 소개했다.

너는 어딘가 샐쭉해 보였고 남한테 끌려다니지 않을 것 같았다. 요즘 애들 같지 않게 고전적이면서 화려했다. 소설 내용과 무관하게 「박씨전」이나 「춘향전」이 떠올랐다. 꽃말과 무관하게 양귀비가 떠올랐다. 사회과학대 안의 다른 여자애들이 슬랙스에 셔츠를 입었다면 너는 색색깔 한복을 입고 다니는 것처럼 화려했다. 특이한 사람이라고 생각했다. 그뿐이었다.

너와 나를 따로 알던 친구 H가 복도 끝에서부터 걸어오며 말했다. "아 ○○○ 대박 웃겨. 걔가 너를 어제 엘리베이터에서 봤나 봐. 근데 걔가 너 12학번인 줄 알고 왜 자기한테 인사 안 하냐고 그러는 거야~!" 너를 피해야 하나 잠깐 생각했다. 너는 이런 식으로 왔다.

커뮤니케이션 법제 중간고사 보던 날. 너와 내가 함께 수업을 들었다는 걸 알았다. 방송 윤리에 대한 법원의 판결문을 놓고 비판하라는 요지의 시험 문제였는데, 질문지의 전제가 틀렸다는 생각이 들었다. 페미니즘을 빼놓고 윤리를 말할 수 없는데,

144

문제를 낸 교수의 머릿속에 페미니즘 따위는 없는 것 같았다. 답안지를 모두 걷어 간 뒤 사람들이 저마다 허탈하게 가방을 쌀 때, 의구심이 든 나는 입만 삐죽거렸다. 의문점과 분노가 뒤섞여 가슴이 둥둥거렸지만 말해도 되는 문제인지, 말을 한다면 어디서부터 어떻게 시작해야 할지 몰랐다. 강의실에 좀더 앉아 교수를 몰래 노려보다 가면 마음이 가라앉을 것 같았다. 그런데 그때 네가 손을 들었다.

너와 만나게 된 계기는 기억나지 않는다. 확실한 것은 내가 어느 날 밤 학교 근처에 있는 네 자취방을 구경하게 되었다는 것이다. 천장까지 올라붙은 책장에는 책이 가득했다. 그 밑으로도 신간 서적이 네다섯 권씩 쌓여 있었다. 내가 빌려 보려고 기억해둔 책들이 군데군데 보였다. 너는 책을 사는 데 돈을 아끼지 않는다고 했다. 네가 무섭지 않았다.

버스가 끊긴 시간에 네 집에 있던 술을 꺼내 마시고 침대에서 함께 잤다. 아침에는 내가 너보다 먼저 일어났다. 신세 진 게 미안해 "잘 쉬었다 가, ○○아, 고마워" 이렇게 쓰고 냉장고에 포스트잇을 붙여두었다. 예의를 차리면서 서로의 세계를 엿보는 정도가 우리에게 알맞다고 느꼈다.

내 느낌이 틀렸다는 걸 알려준 건 어느 날 도착한 메일이었다. 동영상도 첨부돼 있었다. 파도치는 소리와 그보다 더 세게 부는 바람소리가 뒤섞여 사운드가 웅장했다. "무튼 바닷바람 너무 많이 받고 와서 상기된 상태로 답장을 쓰는데, 이건 마치 보내고 나서도 보냈다는 사실이 부끄러울 메일이라 읽은 후에 그냥 지나쳐주길 바라…… 나도 보냈다는 사실을 잊을게…… 하지만 그래도 쓰는 이유는 표현할 때를 놓치면 영영 표현하지 못하는 감정들이 있으니까얌……." 얘가 이런 말도 하네. 반갑고 놀라워 웃었다. 이런 식으로 다시 오는가.

너는 네 앞에서 뒷걸음질 치는 사람을 잘도 몰아세우는데, 딱 그만큼의 강도로 내 앞에 버티고 서 있기도 한다. 어떤 감정을 꺼내 보여줘도 밀려나지 않았고, 그것이 내게는 큰 위로였다. 어떤 날에 우리는 서로를 의식하지 않은 채 가벼워졌고 어떤 날에는 서로를 예민하게 의식했다. 너는 중요한 것이 있다고 믿으면 어디에 있다가도 왔다.

네가 집으로 보내 온 꽃다발과 시원한 양파김치, 어느 것 하나 잊은 게 없지만 너를 생각하면 그날 계곡에서 보았던 맨 얼굴이 우선 떠오른다. 네가 식당에 앉아 있을 때, 양쪽 의자에 팔을 걸치고 흐늘흐늘하게 있을 때 너를 오래 본다. 감정과 인간에 관한 이야기를 편안한 자세로 나누면서 믿음을 다진다. 심란한 저녁이면 그날 밤 네 맨 얼굴에 스치던 표정을 보고 싶어진다.

호텔 메모지에 적힌 말들

성아 씨와 우암사적공원 청국장집에서 밥을 먹기로 하고 만났다. 이름에서 지루한 체험학습이 연상되었다. 체험학습에 온 학생이 아니라 다행이었다. 돌고 싶은 방향으로 돌고 걷고 싶은 만큼 걸을 수 있으니까. 비도 안 왔는데 가을 산 냄새가 진동했다. 누군가 옛날부터 살던 집에 의자만 몇 개 더 놓고 손님을 받는 식당인 것 같았다. 사장님은 손님이 들어오면 왜 손님이 오지 하고 생각하는 것처럼 눈을 느리게 감았다 떴다. 미닫이문을 열면 안쪽 벽면에 누군가 볼펜으로 메뉴를 써놓은 게 보였다. 선키스트 병에 담겨 나온 물을 옥색 물잔에 따라서 마셨다. 파전과 막걸리는 다음으로 미루고 두부김치와 청국장을 주문했다. 옆 테이블에서 파전과 막걸리를 먹고 있을 때 한입만 달라고 해도 이상하지 않은 사회를 꿈꾸었다. 두부는 시멘트 바닥처럼 오돌토돌했는데 젓가락으로 갈라서 입에 넣으니 한 모를 한꺼번에 먹은 것 같은 진한 맛이 났다. 두부에서 두부 맛이 나는 건 당연한 이치일 텐데 신이 두부를 만들었을 때 의도했을 법한 맛이라고 요란을 떠니 성아 씨는 으하항항 하면서 정말 그렇다고 했다.

모두부를 만들려고 몽글몽글 뭉쳐놓은 하얀색 순두부가 대야에 쌓여 있는 게 눈에 들어오니 그거라도 퍼먹고 싶었다. 대야 생각을 하며 그곳을 빠져나왔다.

우리는 공원을 돌면서 이야기를 나눴다. 정자 한쪽에서 사람들 한 무리가 높은 목소리로 찬송가 비슷한 걸 부르고 있으면 "합창단 같은 거 해보셨어요?" 묻는 식이었고, 성아 씨는 "저 해봤어요. 어릴 땐 제가 노래를 잘하는 줄 알았어요"라면서 축가 부른 이야기를 해주었다. "끝나고 친척들이 그러는 거예요. 성아야 너 노래 진짜 못하더라." 나는 그 말을 하는 천진한 성아 씨를 보며 그런 축가라면 노래를 못해도 좋겠다고 생각했다.

성아 씨와 있는 동안 두 번 전화가 왔는데, 그가 14년째 만나고 있는 사람이었다. "이 사람의 좋은 점인데요, 장소를 이동할 때마다 말해줘요." 14년은커녕 4년 만나본 사람도 없던 나는 너무나 가벼운 사람이 된 것 같은 느낌에 14년 만난 사람을 사고 싶다는 생각을 했다. 만나는 동안 1억4000만 번 일기를 쓸 것 같았다.

상담 선생님과의 대화가 생각났다. "사랑받고 싶은 마음이 부끄러워요?" 나는 생각했다. 부끄럽죠! "누구나 다 그래요. 그 마음을 가만히 바라봐요." 나는 잘 만났다 싶은 생각이 들어서 마구 물어보았다. 저도 책에서 그런 말 많이 봤는데요, 어떻게 자기를 있는 그대로 사랑해요? 점프하는 것 같아요. 나를 사랑해야지, 결심한다고 사랑할 수 있는 건 아니잖아요. 선생님은 비약으로 느껴지는 게 당연하다고 했다. "뜨거운 물에 처음 들어갈 때처럼 뜨겁고 따끔거려요. 나오고 싶어요. 발만 담그고 자꾸 나오게 돼요. 그래도 자꾸 그 마음을 바라봐야, 아무도 나를 사랑하지 않을 때 거기서 고요하게 있을 수 있어요." 선생님은 책이 아니라서 이렇게 물을 수 있었다. 누구나 다 그래요? 진짜 저만 그런 거 아니에요?

저만 그런 거든 남들도 다 그렇든 어떤 사람은 14년 동안 한 사람과 성실한 관계를 맺는다. 그리고 바로 그 사람이 내 옆에서 커피를 들고 중고 서점을 향해 가고 있다. 그 사람이 들떠서 말했다. "서점 가면 한나 씨가 이것도 보세요, 저것도 보세요 하고 추천해줄 것 같아요." "취향에 안 맞는 거 아니에요?" 내가 걱정을 했다. 형광 주황색에 형광 연두색 옷을 입은 성아 씨가 이런 말을 했다. "내 취향은 중요하지 않다고 생각하는 편이에요. 그냥 그 자체가 좋은지 생각해요. 취향은 과거의 것이잖아요." "어쩌면 그렇게 유연하세요?" 감탄하면서 그의 옆얼굴을 보았다. "저는 엄청 꼬장꼬장하게…… 안 좋다는 생각이 들면 싫다고 다 말해놓고 뒤에서 혼자 좋아해요." 성아씨는 잠시 주저앉아서 웃었다. "진짜 꼬장꼬장하고 너무 좋아요."

성아 씨는 스무 살 언저리에 대전에 살던 이야기를 해주었다. 맛있는 커피를 사주고 싶은 사람을 만나면 종종 30분을 달려 라떼를 사곤 하는 커피전도사의 집에 얽힌 일화가 있다고 했다. "어느 날엔요, 제가 회사에 있다가 심부름을 나가는데 거기 커피전도사 앞에서 어르신이 저한테 손짓을 하시는 거예요. 이리 와보라고. 그래서 가봤더니 에스프레소 먹어본 적 있냐고 하시면서, 에스프레소는 농축된 거라 이튿날 아침까지 몸에서 향이 날 거라는 거예요. 그러니까 안 먹을 수가 없죠. 설탕가루를 넣어서 위에 뜬 커피만 먹어보라고 하셨는데…… 그날이 아니었으면 에스프레소를 먹지 않았을 것 같아요." 에스프레소를 처음 먹는 날이 온다면 그런 식이었으면 좋겠다고 생각했다. 가끔 만나서 성아 씨의 이야기를 듣는다고 해서 덜 꼬장꼬장해질 순 없겠지만 무거운 것은 가라앉히고 가벼운 것은 흘려보내는 사람 옆에선 마음이 너그러워진다. 나는 마음이 너그러워진 내가 아주 잠깐 마음에 든다. 에스프레소도 먹어보고 싶다고 생각하다가 아메리카노를 시켰다.

　우리는 차에서 노래를 들었다. 성아 씨는 델리스파이스 노래를 들으면 턱을 괴는 척 손바닥에 이어폰을 숨겨 델리스파이스 노래를 듣던 학생 때로 돌아간 것 같다고 했다. 우리는 김추자를 들으며 숨을 죽였다가 "혜은이의 「새벽비」는 무대가 진짜 멋있어요. 사랑을 두고 달려간다고 안 하고, 정을 두고 달려간다는 게 진짜……" 같은 말도 했다. 노래는 펍에서 모르는 사람들과 들을 때와 내 차에서 들을 때가 달랐다. 노래에서 나온 진동은 다시 노래에 새겨지고, 언제 어디서 어떤 마음으로 들었는지 알게 한다. 음악은 기억을 불러내고 환상을 만들어낸다.

　나는 딴생각을 했다. 이 노래를 그 사람이랑 들으면 어떨까, 아마 눈도 못 마주칠 것이다.

친구는 동료가 된다

초라하고 무력한 순간 참담함을 함께 겪은 사람과는 동지가 된다. 동지와 가족 같아지는 사이 우리에게는 또 다른 일이 일어나고야 만다.

사랑과 나는 보수 활동을 시작하고 나서 처음으로 큰돈을 후원받기 위해 실존하는 회장님을 만나러 갔다. 기획팀 직원을 거치고 비서실을 거치며 기획팀 직원은 남자고 비서는 여자네 이상하다 생각했다. 그렇게 이상함을 잔뜩 느낀 뒤 회장을 만난 터라 회장도 이상해 보였다. 회장님이라는 말을 들으며 사는 회장님이 있다니. 나는 그를 부르지 않기 위해 조심하며 말했다.

사랑과 나는 안경도 렌즈도 없이 들어갈까, 냄새 안 나는 술 한잔 마시고 갈까 하며 호들갑을 떨었다. 기능을 알 수 없는 고급 전자 기기와 구둣발로 밟긴 아까운 카펫 위에서 우리는 아침도 굶고 회장 앞에서 말할 때의 자세와 표정이란 어떠해야 하는 것인지도 모르는 채 서로에게 의지했다.

회장은 가끔 호텔 꼭대기 층으로 우릴 데려가 밥도 먹이고 차도 먹이고 그보다 더한 고통도 먹였다. 때로는 무데뽀일 정도로 도전하라는 게 요지였는데 우린 이미 그러는 중이었다.

정작 말하기보다는 듣기를 많이 하고 건물 밖으로 나와서는 절차를 알 수 없는 이 일의 전망을 점치며 지금은 오후 세 시이고 하루가 더럽게도 길게 남았다는 사실에 절망했다. 사랑이는 지친 황구 같은 얼굴로 뻑뻑 연기를 뱉으며 어디서 황당했으며 어디서 열 받았는지 복기했다. 그럴 때면 사랑이는 너도 한 대 줄까?
하며 배려하기를 잊지 않았다. 이럴 땐 유등천이 참 예쁘다. 나는
산불이 걱정되었다.

사랑과 나는 무능한 남자들이 유능한 여자들보다 더 나은
대우를 받는 것과 그들이 스스로를 의심하지 않는 것에 매일
화가 났다. 우리는 성평등 100인 원탁회의라는, 익숙해지지
않는 이름으로 불리는 자리에 함께 가서 불행히도 다른 원탁에
배정받은 뒤 목표 의식 뚜렷한 원탁 빌런이 내뱉는 "성평등 말고
양성평등이라고 말씀하셔야죠?" 같은 질문에 말문이 막히는
고통을 겪었다. 사랑이가 벌떡 일어나 마이크를 잡고 시장을
향해 "주거 불안, 집 안에서도 생존권 위협에 매일같이 시달리는
비혼 여성을 위한 정책은 생각해본 적 없냐"고 말할 땐 검지와
엄지를 물고 휘파람이라도 불고 싶은 심정이 되었다. 우리는 쉬는
시간에 겨우 원탁 밖으로 빠져 나왔고 나는 매점 옆에 딸린 작은
흡연 구역에서 사랑의 흡연을 기다리며 "다…… 눈빛이 뱅글
돌아버렸어……"라고 말하는 그의 탁월한 인물 묘사에 고개를
끄덕였다.

사랑을 떠올리면 처음 만나던 때가 아니라 마지막으로 본 날이
생각난다. 그건 우리가 자주 만나기 때문일 수도 있고 처음 만나던
때의 사랑과 지금의 그가 너무 많이 달라졌기 때문일 수도 있다.
처음 사랑을 알게 되던 날 우리가 이렇게까지 서로를 오래, 깊이
파고들 줄 몰랐다. 아마 그 애도 그럴 것이다. 내가 엄마, 언니와
어떻게 지내는지 업데이트하는 사람도 사랑이, 선화동에서 길
잃은 강아지를 봤어 어떻게 해야 하지 하며 전화하는 사람도
사랑이. 어린이가 위험에 처한 것 같은데 나 혼자 안 될 것

같으니까 지금 나와줄 수 있어? 하고 묻게 되는 사람도 사랑이다. 그걸 왜 내가, 그걸 왜 우리가, 그렇게 말하지 않는다. 우리는 이 모든 고민거리를 긁어모아서 내년에는 보슈에서 이런 걸 해볼까, 저런 걸 해볼까 하고 말한다.

우리는 퇴근길 차가 꽉 막힌 갑천 다리 위에서 말없이 있다가 누군가 "아, 진짜 새삼 신기하다"라고 말을 꺼내면 다른 한 명이 받아주는 식으로 과거를 되새긴다. "1월에 사무실에서 진짜 추웠잖아." "이제 제대로 일해보자면서 딱히 할 것도 없는데 셋이 열한 시까지 출근하자고 하고 햇반 먹고, 그거 며칠 갔더라?" 우리는 바보 같을 때 동시에 바보 같아지고 천재 같을 때 동시에 천재 같아진다.

"이번 주 목요일에 하기로 한 일 뭐였지? 만나기로 한 사람 누구였지? 하, 기억이 안 나네" 해놓고 "목요일 되면 알 수 있겠지 누군지 모르는 그 사람이 연락하겠지" 했다. 드디어 궁금증을 해소하겠다 기대감에 차서 기다렸지만 사랑도 잊고 나도 잊고 그 사람도 잊어 없던 일이 되었다. 목요일 약속을 기억하지 못했던 일을 떠올리며 "그때 진짜 답답했는데" 말하기를 잊지 않는다.

그러니 둘 중 한 명이 세상을 떠나면 우리는 우리가 기억하지 못하는 반을 잃는 것과 다름없다. 그때 그랬잖아 말하거나 아 하면 어 하고 대답해줄 사람이 없어지는 것이고, 맥락을 설명하지 않아도 되는 유머가 없어지는 것이다. 사랑은 편지에 나를 미워한 적은 있지만 싫어한 적은 없다고 썼다. 우리는 서로의 악취를 맡을 수 있는 사이다.

우리는 서로의 못난 점을 보면서 "왜 저래" 말할 수 있고 심리 상담을 받으러 가는 게 어떻겠냐고 물을 수 있다. 이 글을 쓴

153

뒤에도 사랑이가 내 뜻대로 안 되고 사랑이는 내가 자기 뜻대로 안 되어서 열 받을 것이다. 지금은 아니니까 사랑이에게 추운 날에는 승모근을 헤어드라이어로 데우고 나가라는 건강 팁을 보내주기로 한다. 하지만 사랑이는 추우면 집 밖으로 나가지 않을 것이다.

동료는 친구가 된다

어떤 순간에 우리는 동료가 되었나. 첫 회의 때 내가 던진 농담에 웃는 것을 보고 속으로 호감을 가지긴 했지만 그때만 해도 아니었다. 그가 유능한 디자이너라는 것은 처음부터 알 수 있었다. 다른 디자이너보다 이 디자이너에게 내 생각을 말하고 싶었다. 출판 디자인은 구체와 추상을 넘나들며 이해하고 구현하는 일인데 선아는 글도 잘 썼다. 나는 선아가 쓴 글을 보던 날부터 선아가 쓰는 글을 좋아했고 선아가 내 글에 어떻게 반응하는지 살피게 되었다.

디자이너는 동시에 팀원이어서 우리는 팀의 중요한 일을 함께 결정했다. 같은 문제가 자꾸 발생하는 팀원을 어떻게 대해야 할지 이야기하며 함께 한숨을 쉬었다. 함께 겪지 못할 때는 밤에 길이나 술집에서 만나 목에 핏대 세우며 욕했다. "왜 이렇게 마음이 헛헛하지" 하면 선아는 "언니, 저도요" 하고 울상 지었고 선아가 "아 헛헛해" 하면 "저도요, 선아 씨" 하고 말하게 되었다. 히터를 틀어도 어깨가 굽고 손이 시려운데 선아는 그 이유를 아는 것 같았다. 우리는 곡선이 어떤 순간에 치솟고 어떻게 하강하는지 비슷하게 느꼈고 그걸 알아서 말이 적어졌다.

우리는 "이건 비밀인데……"로 시작하는 이야기를 한 적 없고 치부와 아픔에 관해 작정하고 이야기한 적도 없었지만 대신 서로 어떤 이야기에 어떻게 반응하는지 보았고, 어떤 것이 추하고 아름다운지 말했다. 덕분에 점점 그가 이야기하지 않는 작은

155

단위의 감정에도 동의하는 순간이 생겼다.

그가 어떤 이들과 살아왔는지 모르지만 같은 소설을 읽고 감상을 이야기할 때는 선아가 그 소설의 어디에 반응하는지, 그 감정을 뭐라고 설명하는지 보면서 그의 고유함을 이해하게 되었다.

선아는 사람에게 소명 기회를 여러 번 준다. 어떻게 하면 그럴까 싶게 다 알면서도 판단을 전하지 않았다. 이런 사람 곁에선 기회를 잃고 싶지 않다는 생각이 들어 몸을 정돈하게 된다. 나는 그 앞에서 다행이라는 말을 자주 하게 된다. 선아 앞에서 못난 모습 보여줄 뻔했네 다행이다. 선아한테 실수할 뻔했는데 다행이다.

비면 따르고 하면서 객기 부리다 모두 잠든 새벽 볼이 빨갛게 얼어서는 망아지처럼 뛰어다니는 술자리도 선아와 여러 번 가져봤고, 춥고 배부르고 늘어지는데 아무도 집에 가잔 말을 안 해서 술집 앞 누군가의 침 자국 위에 앉아 시간을 죽이기도 했다. 마트에서 장 봐다가 저녁 해 먹고 상 밀어놓은 채 퍼질러 누워 있는 엠티도 몇 번 가봤다. 그런데 한 번도 둘이 만나 놀진 않았다.

그러는 동안 6년이 흘렀고, 처음과 비슷한 거리를 유지한 채 친밀해졌다(이것은 가능하다. 그리고 매우 편안하다). 12월 마지막 주에는 2020년 한 해를 정리하는 송년회를 했다. 선아는 한 해 동안 다른 팀원이 인상적이었던 순간에 관해 돌아가면서 이야기하는 360도 회고 기법을 알려주었다. 나는 선아가 나에게 어떤 말을 해줄지 기다렸다.

이어지는 말은 의외였다. "개인적으로 한나 언니한테 미안하기도 하고 고맙기도 한 거는…… 그…… 눈물 날 것 같아." 선아가 울었다. "한나 언니가 여름에 힘들었잖아요." "힘들었어,

나?" 나는 선아가 우는 모습을 촬영하고 있었기 때문에 신이
났다. "제가…… 어떤 상태인지 모르고 저랑 일하는 관계나
개인적인 관계가 멀어졌다고만 생각을 했던 거예요. 원래 간격이
있어도 그게 조금 좁혀졌을 때랑 벌어질 때가 있는데…… 내가
이렇게까지 가깝게 느끼는 사람인데 이렇게까지 몰라도 되나 하는
생각이 들어서……." 옆에서 듣고 있던 연화도 울기 시작했다. 넌
왜? "제가 마음 표현을 너무 안 해봤으니까……." 사랑이는 선아를
그윽하게 보면서 울고 있었다. 네 표정은 왜?

　"위로의 말을 건네기가 민망한 거예요. 동료가 돼서 아무 표현을
못한 게 미안한 거야. 그런데 반대로 저한테도 되게 고립감이
느껴지고 힘들던 시기가 있었거든요. 사랑이한테는 그런 이야기를
많이 했지만 한나 언니한테는 아무런 이야기를 안 했는데, 언니가
갑자기 두부면을 보낸 거예요. 다른 어떤 얘기를 들은 거 같지도
않은데…… 그게 되게 큰 위로가…… 납작면이 맛있잖아요. 연화
님이 힘들 때 제가 귤차 보내야겠다고 생각한 것도…… 다른 말을
건네는 건 내가 잘 못하지만 생각하고 있다는 걸 알려줘야겠다는
생각을 하게 된, 계기이기도 해서 기억에 남아요."

　동영상은 6분 38초였고 내 순서가 돌아왔다. 나는 적어온 걸
읽었다. "얼마 전 비혼후갬 송년회 때 선아가 의젓하게 앉아 있는
모습 보고 뭔가 감동했다. 선아는 보슈의 기둥 대들보 사랑채 안채
행랑채 가마솥 아랫목 처마 기와 문풍지 모든 것이다. 2021년에도
선아의 명문화하기 어려운 좋은 점에 놀라며 배우고 싶다." 애들이
웃었다. 사랑이는 사랑채 그 부분 다시 읽어달라고 그랬다. 다시
읽어주지 않았다. 선아도 웃었던 것 같다. 사실 제대로 못 봤다.

　선아의 성은 '신'인데 될 뻔한 이름은 신선한이다. 나는 '신선

마을'이나 '신선 당근' 같은 글자를 길에서 보면 사진 찍어서
선아에게 보낸다. 그러면 선아는 그것을 카카오톡이나 인스타그램
프로필 사진으로 삼는다.

우정 테스트

초록색 교복을 입고 다니던 중학생 때는 하교 후에도 학교에 갔다. 저녁이 되면 바닥이 알맞게 시원해진 농구장에서 낮에는 같이 놀지 않는 동갑내기들과 모여 전혀 다른 이야기를 했다. 누구도 온대, 누구는 안 온대 하는 것들. 그때는 누가 오고 누가 안 오는지 그게 중요했다. 그게 중요해서 때로 다른 것을 무시하기도 했다.

난 저기 운동장에 들어가야 하는데, 가서 조회대에도 올라봐야 하고 중앙 현관도 바라봐야 하고 창문이 이렇게 낮았나 신발 갈아 신는 데가 이렇게 좁았나 느껴봐야 하는데. 아이들이 찬 축구공이 내가 선 쪽으로 굴러왔다. 우로 약수터와 돼지슈퍼, 좌로 미용실과 서해반점. 부직포 색의 교복을 입어내는 방식을 다양하게 알던 내 친구는 먹색 니트조끼와 흰색 셔츠와 자주색 넥타이의 점잖은 조합도 가능하다는 것을 보여주었다.

지호는 아는 게 많아 걱정도 많았다. 우리는 학원 가는 봉고차 안이나 그다지 먹을 것은 없지만 시간을 보내기 좋았던 빕스에서 떠들다 자주 혼이 났고, 3학년 언니들이 듣는 노래를 차 안에서 듣다가 야한 가사에 놀라 운전기사 아저씨가 들었을까 백미러로 표정을 살폈다. 우리는 둘 다 기술가정 선생님을 좋아했다. 지호는 김청순 선생님이라고 부르며 양지에서 좋아했고 나는 그를 부르지도 못하고 하필 3교시에 이마에서 열이 나기를 바랐다. 우리는 하굣길에 기쁨 주는 머리방이나 샘터 문구 같은 간판을 같이 읽으면서 어떻게 하면 뉘앙스가 잘 표현될지 씨름했고

그러다 보면 헤어질 시간이 왔다. 웃으면서 헤어지면 하루를 잘
보낸 기분이 들었다.

　가수원중학교에 다니는 동안 별일이 다 있었다. 그중에는
남자애와 사귀기, 농구장에서 이별 고하기, 좋아하는 여자애가
좋아하는 남자애에게 줄 빼빼로를 사러 갈 때 따라가기 등이
있었는데, 애정의 역사에는 아주 무시무시한 일도 있었다. 내
친구를 좋아하는 애가 어떤 애의 볼을 발로 차버린 것이다. 아무도
그는 건달에 가까운 그를 말리지 못했다. 우리는 다리털을 가위로
잘라내는 남자애의 기행에 관해서, 이 못 말리는 변두리 중학교
안에서의 투쟁에 관해서 생각하다가 얼른 고등학교에 가서 우리의
갈 곳 없는 공격성이 누그러지기를 바랐다.

　중학교 안에서의 수치란 자신의 시선으로부터도 오고 타인의
시선으로부터도 오고 독서실 휴게실과 인터넷 방에서도 오고
하굣길에서도 오고 아침 자습 시간에도 왔기 때문에 우리는
긴장을 놓을 수 없었다. 우리 학교에는 밤에 자기 전에 자신의
과오를 눈물로 반성하다가도 학교에 오면 또다시 여자애들의
스타킹을 뺏는 샤기컷 일진이 있었고, 그 애도 어려워했던, 아무
집에나 가서 교복 다림질을 맡기는 울프컷 일진이 있었다. 여기가
지옥인 건 그 둘이 함께 있다는 것, 선생들이 무력했다는 것,
그리고 나와 지호도 그 사이에 있었다는 것 때문이었다.

　우정의 서약이라도 했으면 좀 나았을까. 근린공원에
가서 신문지 깔고 서해반점 짜장면 시켜 먹기라도 했으면.
그러나 우리가 서로에게 낼 수 있는 시간은 하교 시간과 쉬는
시간뿐이었다. 그 와중에 우리는 마음이 바빴다. 편지를 주고받은
적이 한 번도 없었으니까.

160

세이클럽에서 쪽지를 하기는 했다. 그 애의 세이클럽 캐릭터는 이불과 두건을 덮어 쓴 비공개 캐릭터였다가 어느 날은 짱구에 나오는 수지가 되기도 했는데, 나는 그 애가 수지일 때 메시지를 보냈다. 하교한 뒤였다. 누구는 학원에 가고 누구는 만화책을 빌리러 영화마을에 가고 또 다른 누구는 집에서 무얼 하는지 아무것도 모르던 오후 시간이었다.

"나는 네가 무슨 생각하는지 알 것 같아. 너도 내가 무슨 생각하는지 알지." 이런 쪽지를 보냈다. '우리 좀 비슷한 것 같아'라고 말하고 싶었는데 말이 이상하게 나왔다. 지호는 "그래?ㅋㅋㅋㅋㅋㅋ"라고 보냈다. 바라던 답은 아니었다. 하교를 따로 해도, 다른 반이 되어도, 친구 한 명을 두고 싸우는 판이 벌어져도 너랑 나랑은 뭔가를 같이 알지, 그런 뜻이었는데. 내가 감지한 진실을 확인받겠다는 의지였는데.

대답은 시원찮았지만 지호가 나를 때리며 웃을 때, 너무 웃겨서 좀 때려야겠는데 내가 자꾸만 안 맞겠다고 도망가서 따라오며 웃을 때, 나는 대답을 안 들은 그날의 불안을 씻을 수 있었다. 그 애를 믿으면 되는데. 그 애가 여름에 자기 집 옥상에서 밥 먹자고, 상추 심어놓은 것 있으니 옆에서 뽑기만 하면 된다고 그럴 때도 나는 선뜻 가지지가 않았다. 같이 놀다가 집에 잠깐 뭘 가지러 간다고 했을 때 소파에 집주인처럼 누워봤으면 좋았을 텐데 결계라도 있는 것처럼 집 안을 넘보지도 않았다. 하지만 왜 조금 더 열심히 말하지 못했을까. 나는 이곳이 너무나 두렵고 무섭다고 외롭다고 왜 말하지 못했을까.

지호와 멀어질 시기가 다가오고 있다는 건 고등학교에서 유유자적하던 나라도 알 수 있었다. 지호가 서울에 있는 학교

면접을 보고 돌아오던 날, 나는 그 애가 면접장에서 했다던 마지막 쐐기 발언과 그 배포에 충격을 받았다. 같은 것을 무서워하고 같은 것을 두려워하던 네 안에 그런 것도 있었구나 싶었다.

지호는 서울에 갔다. 3월 어떤 날에, 내가 수영장을 갔다가 돌아오는 길에 지호에게 전화가 왔다. "술 많이 마셨어?" 지호가 흥분한 목소리로 울면서 말을 했다. 너무너무 힘들고 너무너무 괴롭다고 했다. 집에 가고 싶다고 대전 가고 싶다고 했다. 나는 그 애들을 욕했다. 나는 지호가 대학에서 친하게 지냈다던 친구들의 이름을 한 명씩 말하며 걔는 잘 지내? 걔는 요즘 어때? 하기도 하고 우리보다 더 좋냐고 물어보기도 했다. 1년에 한 번 만날까 말까 하면서 이사도 함께하고 하루에 두 끼는 같이 먹는 그 애들과 무슨 용기로 경쟁했을까. 전화를 끊고 나서는 지호가 서울에서 떠올린 사람이 나라는 것이 의아하기도 했다. 친구가 된 지 10년이 넘었는데도 그랬다.

지호가 대학을 졸업하고 서울의 거리를 걷다가 헤어지던 날, 낯설게 어떤 사람의 사진을 보여주며 좋았다가 싫었다가 한다고 말하던 날, 분명 다른 친구들과는 다른데 만나면 다른 친구들과 다름없이 놀던 어떤 날, 다른 친구들 없이 우리는 만났다. 내가 관저동에서부터 걸어가고 그 애가 가수원에서부터 걸어왔다. 동방여고 근처에서 마주치자고 했다. 그 애는 길을 잘 아니까 헤매지 않았고, 나는 그 애가 사 온 맥주를 받아 들고 따자마자 벌컥벌컥 마셨다. 보이는 데 가서 앉았다.

우리의 믿음은 아주 조금씩 생겼다. 그 애가 만나자고 하고 내가 진짜로 만나는 식으로. 내가 편지를 쓰겠다고 하고 진짜로 쓰는 식으로. 15년에 걸쳐서.

162

샤이닝

날숨만 쉬며 읽게 되는 책이 있다. 그런 책은 덮고 나면 멍해진다. 휴대전화 진동은 느닷없이 울리고 카페 문은 열리다 닫히고 노랫말은 거슬리는 와중에 나를 몰입으로 데려가는 책을 찾는다면 다른 세상으로 갈 수 있다. 내게 민경과의 대화는 매번 그런 책을 갖는 것이었다.

여건과 무관하게 몰입하는 민경은 하여간 놀라웠다. 내가 주최한 강연장에서 그를 처음 만났다. 나는 공항에서 스캔되는 가방처럼 열린 채 있었다. 무당 같기도 천진한 라마 같기도 한 얼굴은 까만 조약돌을 닮은 두 눈이 나를 쳐다본다는 것 외에는 아무것도 말해주지 않았다. 그는 새벽까지 이어진 뒤풀이에서 나와 친구들을 향해 물었다 "여기 다 여자 좋아하는 사람들 아니에요?" 어떻게 알았지. 그가 깔깔 웃었다. "어떻게 몰라!"

그는 내 유년기를 모르면서도 내가 무얼 원하는 사람인지 알아챘다. 한 번도 꺼낸 적 없는 느낌을 말로 꺼내느라 넓은 언어로 더듬거리며 말하면, 그 사이사이를 으응, 으응 하는 진동으로 채운 뒤 나에게 잘 벼린 말을 주었다. 다음에 이거 써, 하듯이. 내가 쓰는 말이 충분히 경제적이지 않다는 걱정을 하면서도 민경이 쓰는 말이 극도로 효율적이라 재밌다는 것은 알았다.

우리는 겹겹의 맥락을 만들어냈다. 세상에는 고양 발톱을 숨기고 있는 사람이 있다거나 의료용 로봇처럼 눈빛으로 개복하는 사람이 있다거나 하는. 더 놀라운 것은 우리끼리 공유하는 상징을 그가 다른 사람에게도 어렵지 않게 전했다는 것이다. 내겐 전생 같은 이야기인데, 암묵지인데.

그는 그걸 동시에 여러 사람과 해냈다. '코로나 시대의 사랑'이라는 편지 프로젝트를 통해 그 이야기는 같은 시간 다른 곳에 있는 여자들에게 발신됐다. "난 일을 연애처럼 하고 넌 연애를 일처럼 해"라는 말은 아마 그가 몰입에서 얻은 걸 여러 사람과 나누는 이야기를 뜻하는 듯하다. 왜 이제껏 이렇게 살지 못했지? 생각하게 했다. 얇은 쇠로 다코야키를 뒤집는 장인처럼 걸음마다 사람들의 머릴 톡톡 두드리고 다니는 것 같았다.

번쩍번쩍한 지성에 반한 뒤에는 기질에 호기심이 솟았다. 그가 무언가에 몰입하는 장면은 이색적이었다. 뭘 하려는 거지. 그는 딴 세상에 접속하고 나서 다시 이승으로 돌아왔다. 하루는 똑똑하고 재미있는 내 친구 H를 그에게 소개해주려고 불렀는데, 현관을 들어서는 그의 손에 노트북이 들려 있었다. 재미있는 논문이라 택시에서부터 읽었는데 도중에 생각난 게 있다며 타닥타닥 적어두는 중이었다. 나와 친구는 식탁의 음식을 집어 먹으며 언제 통성명을 해야 할까 엿봤다. 볶은 콩고기가 식고 있었다. 빨리 깻잎에 싸 먹으라니까······.

H가 언제까지 아량을 베풀어줄까 초조해하며 기다리는데, 그는 입술을 살짝 벌린 채 거북목으로 까만 글씨를 읽어 내려갔다. 찬바람이 부는 날이었는데 외투와 상의 모두 제자리를 찾지 못한 상태였다. 그는 시간이 흐르는 땅으로 되돌아와서 아, 배고파 하더니 콩고기를 와구와구 먹으며 개구진 사촌처럼, 방금 만든 용수철처럼 고개를 까딱하고 "안녕하세여~" 했다. 택시 타고

도착한 이 거대한 세계를 어쩌면 좋을까. 데워줄까? 했더니
괜찮다고 했다.

　민경은 몰입이 어떻게 찾아오는지, 찾아온 몰입을 어떻게
대해야 하는지 안다. 시간이 30분 뜨면 한강에 가서 따릉이를
빌려(회원 가입을 어떻게 해냈는지 모를 일이다) 15분 자전거를 타고
돌아와 작업을 이어간다. 그는 가끔 택배 하나 싸서 부치는 일이
싫은 걸 넘어 무서워지는 마음이 뭔지 안다. 둘이 같이 호들갑을
떨다가 "나 따릉이 앱 깔았으니까 너도 할 수 있어"라고 말해주면
나는 그 말에 힘을 얻어 회원 가입에 성공한 뒤 말한다. "이제
유학도 갈 수 있겠어." 그가 더 신나서 대꾸한다. "그러니까!" 나는
그를 기다린다. 그가 잠수해서 본 세상을 내게 필요한 언어로
번역해 불쑥 내밀어주기를. "나 5분만 얘기할게" 하고 시작한
대화에 내 얘기까지 더해져 50분 만에 끝난다 하더라도, 침 흘리며
자다 받는 전화래도 민경의 것이라면 개업 떡처럼 반가우니.

***

　메일을 받았다. "너랑 더 친해지기 전부터도 가끔 너한테 메일
쓰고 싶다는 생각을 했었어." 그런 줄 몰랐다. "주로 내가 알 수
없는 뭔가를 너는 알고 있을 것 같다는 생각을 할 때, 남들은
신기하게 듣는 이야기를 너는 익숙하게 들을 것 같을 때." 우쭐.
"나는 너를 한나야 하고 부르는 게 좋아." 동갑인데 교수 같아
어렵지만 용기를 내어 "나도"라고 썼다.

　그는 편지를 나누다 실패한 관계에 관해 썼다. "내가 혼자 너무
빨리 너무 많이 질척였든지 내게 질척이고 싶지만 죽을 힘을

165

다해서 참고 있는 상대를 속도 모르고 자꾸만 건드려버렸든지."
최면 같은 언어로 내게 스며들었다. 내가 받아들이는 대로 이
말을 받아들이면 되나 하면서 계속 읽어 내려갔다. "이제는 나도
명시적인 기대를 강요처럼 느끼고 묵시적인 기대에 맞추는 사람이
됐어. 내가 가진 언어와 다른 언어를 유연히 오가게 된 듯도
하고 가지고 있었던 한 문장이 완성되기 전에 절반쯤 가서 뚝뚝
부러져버리게 되었다는 느낌도 나." 이 말은 내게 보내는 메일
속 문장에서 어떤 날의 나를 설명하는 문장으로 바뀌어 머리에
박혔다. 내용은 또 휙 어디론가 갔다.

나는 그에게 내 윤곽이 흐려진 것 같다고 이야기했었다.
그가 써서 알게 되었다. 그는 윤곽이 진한 나에게서 비일상성을
느꼈다고 말한 적이 있다. "네가 읽던 글에서 유혹하다에
괄호하고 draguer라고 씌어 있었는데 그게 drag(끌다)랑 똑같고
매력적이라는 단어 attractive도 attract의 형용사니까 끈다는
거잖아." 오 그러네. "사람을 끈다는 게 뭘까." 이런 이야기는 항상
재미있어. "인력이니 매력이니 하는 데 힘력力 자가 붙잖아."

나는 누가 욕망에 관해 물으면 답하기 어려워하면서도 꼭
답하고 싶어했고, 욕망은 절대 잡히지 않지만 잡기를 잊어버리고
있으면 또 어느샌가 손 닿는 곳에 와 있다고, 그러나 그때는 내가
더 이상 욕망하지 않을 때라고 이야기했다. 경험에서 끌어낸 것은
언제나 부분만 설명해줄 수 있었다. 하지만 부분이 전체이기도
한걸.

"누굴 비일상 속으로 끌어들이는 일과 일상에 안착하는 일
가운데 뭘 사랑이라고 불러야 하는 걸까." 우리는 그런 이야기를
자주 했다. 대화가 깊어지면 무슨 이야기로 시작했든 사랑과

욕망으로까지 넘어갔고 그는 여행을 뜻하는 영어 단어 voyage와 journey를 들어 사랑에서 그 둘이 다르다는 걸 이야기해주었다. 나는 그의 정밀함보다도 내가 속말을 한다는 데 놀랐다. 속말은 할 만해야 나오는 거다. 마음을 못 여는 것은 에너지와 감수성이라는 자원을 지키기 위해 직감이 작동한 결과다.

정확해지자면 정의를 해야 할 것 같은데 그는 차라리 그렸다. 내가 미쳐버리는 지점이 어디인지, 그가 생각하고 있는 거기가 어디인지. "저 주스를 마시고 나면 주스가 사라진다는 걸 알면서도 굳이 당장 마시지 않으면 죽겠는데 마시고 나면 사라진다는 걸 알기도 아니까 마셔야 되는지 말아야 되는지 모르겠어서 어정쩡하게 서 있는 것만 같아." 그는 또 내가 그에게만 진심으로 했을 속말을 기억하게 해주었다. "난 진심이 짱이야 진심이 다 이겨 했던 네 말을 이번 주에 여러 번 떠올렸어." 왠지 모를 희망에 차서 했던 말 같지만, 내게 그런 호기로움이 있었다니. "설명하기 어렵지만(이래놓고 설명 다 함) 네 말이 필요한 시간을 보내고 있었어." 나만 그를 기다린다고 생각했다. 그는 똑똑하고, 똑똑하다는 건 자신에게 필요한 걸 어디서 찾아야 하는지 안다는 거니까. 메일이 왔을 때는 꿈에서 먹은 3단 케이크처럼 굳어놓고 왜 몇 달이 흐른 지금에서야 슬쩍 꺼내보며 소화하는 걸까.

그를 떠올리면 대기 시간에도 아이패드를 열고 번역하는 모습이 생각난다. 그는 이쪽에서 저쪽으로 나를 옮겨놓았다. 따뜻한 그는 메일 말미에 이렇게 썼다. "그래도 나한테 집요한 네가 있어서 즐거워." 그가 나에게 준 말의 기쁨을 내가 그에게 돌려줄 수는 없을까.

위스키 바닐라 아이스크림

이 책을 만들기로 한 뒤 나는 편집자가 쓴 글을 찾아 읽었다. 재미있는 글을 쓰는 미친 인간이 많아지면 좋겠다고 생각하던 차였다. 삶을 덜 지루하게 만드는 손쉬운 방법 중 하나는 재미있는 미친 인간이 쓴 글을 읽는 것이다.

나는 그의 글이 재미있었다. 서점에 가서 아무것도 펴보지 않고 나오는 날이나 카페에서 가져온 책이 눈에 들어오지 않는 날이면 그의 글을 다시 읽곤 했다. 그럴 때 찾아 읽을 글이 있다는 것은 종일 듣고 싶은 노래가 있는 날과 비슷하게 든든한 느낌을 준다. 하지만 그는 바빠서 글을 쓸 시간이 없다.

시간이 많은 나는 그와 서점에 가고 카페에 갔다. 갈 만한 곳에 간 것이다. 서점에서 그가 책을 만지는 모습을 보았다. 나는 그가 서가에 두 겹으로 꽂혀 있는 책을 이리 밀고 저리 밀면서 어떤 표지가 마음에 드냐고 묻는 모습을 보았다. 그는 나에게 문화상품권 몇 장을 주면서 오다가다 쓰라고 했다.

그와 지금은 영업을 종료한 바에서 위스키 바닐라 아이스크림을 먹었다. 들어갔다 나오면 향냄새가 옷에 배는 곳이었다. 양초를 얼마나 녹였는지 입구에 뭉개진 크리스마스 케이크처럼 퍼져 있었고, 바닥의 적갈색 벽돌은 주인이 손수 깐 것이라 했다. 비 오는 여름밤에 창문을 바깥으로 열어놓고 아이스크림을 먹으면 좋겠다고 생각했고, 그날은 비 오는 날도 여름밤도 아니었지만 위스키 바닐라 아이스크림을 먹었다. 그것은 달고 쓰고 부드러웠다.

나는 그에게 연인이 집에 와서 팬티를 개어준 이야기를 했다. 더러운 형광색 팬티를 미리 버려서 다행이라고 생각했다고. 그는 웃으며 이야기했다. "거기까지 쓰면 재미있는 것 같아요." 그게 무슨 말이냐고 물어보았다. "연인이 집에 와서 팬티를 개어주었다, 여기까지 쓰면 그렇구나 하는데 그 뒤에 형광색 팬티 버려서 다행이다 더러웠는데……까지 쓰면 재미있어요." 나는 그렇게 쓸 수 없어서 아쉬웠다. "그러려면 잘 보이고 싶은 사람이 세상에 있으면 안 되고 혼자 돌아다니면서 세상 사람들을 비웃으면서 써야 하는데 지금은 안 될 것 같아요."

2020년 9월 그는 내가 처음 보낸 원고에 의견을 주었다. "사람들은 오랜 시간 묵혀놓고 열어보지도 않던 책 속으로 어느 날 갑자기 성큼 걸어 들어가서 그 안을 완전히 휘저어버리고는 나오기도 합니다." 정리했지만 정리되지 않은 내 책장을 보았다.

그가 느낌으로는 이해되지만 정확하게 표현되지 않은 것 같다고 말하면 나는 정확한 표현을 찾으려고 노력한다. 그러다 보면 느낌이 정확해진다. 나는 그에게 느낀 그대로 쓰고 싶지만 사람들이 내 글을 읽고 나를 결핍된 사람이라거나 편협한 사람이라고 생각할까 봐 더 들어갈 것도 안 들어가게 되거나 들어가는 법을 모르게 된다고 털어놓았다. 그는 내 말을 들어주었다. 글이 안 써진다고 하면 그는 다음에 그것에 관해 이야기해보자고 했다.

나는 기다릴 수 없는 기분이 되었지만 기다리는 편이 좋을 것 같아 기다리기로 했다. 아이스크림은 금방 녹고 녹기 전에 먹으려면 숟가락질이 빨라져야 하고 맛있어서 두 접시는 먹어야 하고 그 안에는 술이 들어 자꾸 웃음이 나고……

쓰기의 즐거움

저런 글을 쓰는 사람은 어떤 책을 읽을까. 어떤 문장에 밑줄을 그을까. 일기엔 뭐라고 쓸까. 품기 힘든 모서리를 대체 뭐라고 적어놓았을까.

읽기가 쓰기와 적극적으로 맞닿는 순간은 써야 할 글이 있는데 우연히 좋은 글을 읽을 때다. 좋은 글을 몰입해서 읽으면, 내 세상이 잘게 쪼개졌다가 다시 합쳐지는 과정이 반복된다. 한 손으로 책을 눌러놓고 가만히 허공을 응시하기도 하고, 생경하지만 정확한 문장을 중얼거리기도 한다. 그 느낌을 잘 담아가지고 산책을 나가면 좋겠다. 좋아하는 음악을 들으면서 동네 한 바퀴를 걷는 것이다. 살짝 열이 오른 몸으로 돌아와서는 책상에 앉아 가벼운 몸으로 써 내려간다. 무언가를 마구, 떠오르는 대로. 다 쓴 글을 혼자서 읽어본다.

***

내가 좋아하는 글은 어쩐지 숨겨놓고 봐야 할 것 같다. 진짜 여기까지 이야기한다고? 와…… 진짜? 괜찮겠어? 지은이를 걱정하게 되는 글이다. 그런 말에는 진실이 있다. 진심은 순간이고 진실은 영원하다. "나는 ~라고 믿는다." 이런 문장이 있으면 정이 안 간다. 확신으로 입증하지 말고 다른 것으로 입증해야지. 또한 "나는 아무것도 아니다"라고 강조하는 문장이 있으면 의심한다.

171

자학으로 입증하지 말고 다른 것으로. 어차피 우리는 모두 사랑받고 싶으니 자학은 좋은 방법이 아니다.

내가 좋아하는 글은 내가 좋아하는 사람이 쓴 글이다. 글쓰기 수업은 그래서 어떤 사람이 되고 싶은가 하는 이야기로 두 시간을 채운다. 물론 지금 당장 더 잘 쓰고 싶으니 이상한 나를 글 안에서 발견하고 치워버리는 법에 관해서도 이야기한다. 좋은 사람이 쓴 글이 언제나 좋지는 않지만 별로인 사람이 쓴 글이 좋으려면……별로인 사람과의 대화가 좋은 적이 있던가. 나는 우리가 쓴 글이 모든 것을 티 낸다고 말한다.

글을 쓰기 시작하면 글을 쓴 사람이 이 글을 쓰면서 무엇을 어떻게 정해왔는지 볼 수 있다. 옷을 뒤집어 박음질을 확인하듯, 맛있는 요리를 먹고 나서 주방장에게 무슨 재료가 들어갔냐고 뻔뻔하게 물어보지 않고도 알 수 있듯. 글쓰기에 관해 한 번도 생각해보지 않은 사람과 한번 생각하기 시작한 뒤로 죽을 때까지 생각하는 사람. 퇴근 후에 수업까지 듣는 사람.

우리는 사랑받기 위한 다양한 기술을 연마한다. 받은 사랑을 박제하기 위한 글쓰기와 사진술을 훈련한다. 영원은 순간이고 순간은 영원하다. 누군가의 낙서를 편지함에 넣는다. 그것이 마치 누구라도 된다는 듯이.

장면들

에이드리언 리치는 1979년 매사추세츠주 노샘프턴 스미스대학
졸업식 축사로 엄청난 말을 남겼고 난 그걸 글로 읽었다. 리치는
내가 아는 그 리치가 아닐 테고 1979년에 나는 점지되지도
상상되지도 않았으며 리치가 충남대학교에 올 리 없대도 그 글은
내게 맞았다. 글자 너머에서 그가 흘려주는 것을 받아먹으며
시공간을 잊었다. 푹 빠져 읽기의 즐거움은 글이 뇌의 어느
곳을 자극하느냐에 따라 나뉘는데, 리치의 글은 시종일관 내
머릿속 깊숙한 곳, 눈알을 한 바퀴 돌려도 보기 어려운 곳을 살살
건드렸다. 그는 이 똑똑한 여성들이 무엇을 어떻게 기억하고
불러내야 하는지 썼고, 그 결과 여기 있는 나까지 이불 위에서 새
출발을 위한 다짐을 하도록 만들었다.

누군가 글이 안 써진다고 조언을 구하면 나는 더없이 모질고
냉정한 태도로 일관했다. 쓰고 싶을 때까지 기다려보세요. 정 없고
무심하게. 질문하는 사람이 몰입하기 어렵다고 호소하는 것인
줄도 모르고. 글이 써지지 않는 것은 증상이다. 잠이 안 오고 밥이
안 먹히는 것과 마찬가지로 정신이 보내는 신호다. 글이 안 써지는
것은 몸, 정신, 영혼 어딘가가 막혀 있다는 것이고, 글이 써지는
상태를 만드는 건 그래서 중요하다.

이것을 써야지 하고 앉았는데 전혀 다른 것이 나올 때가 있다.
그러면 일단 따라간다. 그것 나름대로의 쓸모를 찾을 수도 있고,
다른 것이라고 믿었는데 애초의 것이 나올 수도 있다. 글쓰기로

자신의 상태를 점검할 수 있을 뿐 아니라 나도 몰랐던 내 마음을 분명하게 알게도 된다. 흰 종이에 연필로 쓴다. "글쓰기는 별 게 아니다." 그리고 에이드리언 리치의 글을 생각하며 밑에 이렇게 썼다. "글쓰기는 별거다."

글쓰기는 별 게 아니다. 일기, 메모, 장보기 목록, 스마트폰 캘린더, 엄마가 식탁에 붙여놓고 간 포스트잇 같은 걸 유심히 보면 그것들이 우리가 쓰려는 글의 시작이거나 중간이거나 끝이라는 걸 알 수 있다. 조금 더 분명한 재료로는 옛날에 받은 편지가 있고, 어디로 튈지 몰라 재미있는 재료 중에는 마음에 걸리는 대화가 있다. 좋은 데로든 싫은 데로든 마음을 걸고 넘어지는 게 있다면 우선 그걸 붙들고 자리에 앉는다. 착안은 됐다.

이제 그것으로 양을 채운다. 건강 상태나 기분에 따라 이 단계는 즐겁게 진행될 수 있다. '그것'과 관련해 하려는 말을 하고 싶은 대로 쓴다. 쓰기 시작한 이를 막을 사람은 없다. 한 문단과 다른 문단이 관계가 없는 것 같으면 한 줄 띄어놓는 것으로 표시한다.

어느 정도 양이 찼다면 이제부터 비장함을 갖추고 배치를 바꾸어본다. 이 과정에서 글은 별것이 되기도 한다. 성향에 따라 감당할 수 있을 만큼 장난을 쳐봐도 좋은데, 이때는 선택이 개입한다. 어색하지만 그런대로 어울리게 배치할 것인가, 자연스럽게 배치할 것인가. 어색하지만 앙큼한 배치가 잘되었을 경우, 줄과 줄 사이에서 새로운 의미가 생겨나는 것을 느낄 수 있다. 그것을 음미하면서 마지막 문장과 처음 문장을 다시 본다. 이 과정은 새 차를 한 대 만드는 것보다 폐차 직전의 차를 한 대 골라 새 차처럼 만드는 것과 비슷하다.

안 써질 때 나는 우선 읽는다. 에이드리언 리치도 읽고 서점에 가서 친구한테 싫어한다고 잔뜩 욕하고 왔던 작가들 책도 읽고 기분이 완전히 달라져서는 나온다. 라디오 주파수를 조금씩 돌려 맞추다가 소리가 나는 데서 멈춘다. 소리가 들릴 때까지 돌리기를 멈추지 않아야 한다. 누가 소원 하나를 들어줄 테니 말해보라고 하면 이렇게 말할 것이다. 살면서 마음에 걸리는 장면을 최대한 많이 만들 수 있게 해달라고.

김남순의 필적

엄마가 쓴 일기를 보면 웃음이 난다. "오늘 친구와 집에서
소면을 삶아 먹었다" "병원 예약했다" "강낭콩 받은 거 봉지해서
냉동실에" "이만 쉬야겠다"처럼 사실 위주의 간결한 글이어도
집에 굴러다니는 파란색 모나미 펜으로 쓴 걸 보면 어쩐지
애틋하다. 버리려고 내놓은 펜은 언제나 다시 돌아와 연필통에
꽂히고, 엄마는 그걸로 일기도 쓰고 메모도 한다. "딸, 딤채 오이지
넣놨어", 이런 식인데 내가 그 밑에 "맛있겠다! 고마워!" 적고
넣놨어를 넣어놨어로 고쳐주면, "댕큐" 하고 댓글이 달린다. 그
일기장에는 간혹 누구에게 하는 말인지 모를 글이 적힌다. "비가
오니 쌀쌀하네요. 감기 조심하세요. ^^"

　엄마가 세상에 더는 있지 않게 되어도 엄마가 했던 농담이나
엄마가 지었던 표정이나 엄마의 고유성 같은 것을 나눌 사람이
있으면 슬픔을 견딜 수 있을 것 같다. 나는 사랑하는 사람의
엄마를 떠올리며 사랑하는 사람과 함께 그를 기억하겠다고
다짐한다.

　책을 쓴다고 하니까 엄마는 "맘 얘기도 나와?" 하고 물었다.
그리고 언제는 책 제목 정했냐고 묻더니 "사랑의 은어" 하니까
"사랑의 오너, 좋네" 하고 대답했다. "서 작가 글 잘 써져?"
하고 물으면 나는 그 말이 민망하면서도 엄마가 나를 부를 또
하나의 말이 생겨 좋다고 여기며 잘 써진다고 답한다. 엄마는
도와달라고도 안 했는데 거의 대장에서부터 식도까지를 손으로

176

쓸며 "똥집에서 나오는 글을 써야 혀" 말하는 동시에 누워 있는 내 앞으로 다가온다. "그래야 사람들이 공감을 하는 겨. 실제로 내가 느낀 그 경험을, 이 똥집에서 우러난 경험!" 그러곤 엄마 이야기를 쓰기 전에 엄마한테 물어보면 당신이 경험에서 우러난 이야기를 해주겠다고 약속했다. 언니가 말해주기를 전화 오면 '서 작가' 하고 받는데 공책에는 '한 작가'라고 써놨다면서, "네 성이 한 씨인 줄 아나 봐" 그랬다. 그러곤 잠깐 딸 이름을 생각하더니, "서연이도 서 씨 같긴 해" 말하며 웃었다.

김남순은 신을 믿지 않지만 성당에 다녔고 교회에도 잠깐 다녔다. 김남순은 사주에 의지하는 사람을 이해하지 못했지만 잠깐 사주에 의지해봤다. 그러는 동안 얻은 슬픈 정보 하나. 김남순의 '남南' 자가 이름으로 쓰지 않는 한자이며, 이름의 기운이 그다지 좋지 않다는 것이다. 남순은 도회적인 느낌인 '남주'로 조금 살다가(젊을 적에는 배우 김남주를 닮았었다……고 엄마에게 들어왔다) 진지하게 개명을 고민하며 잠시 '도경'으로— 닉네임은 '꽃님이'로—마지막에는 '수아'로 마음을 정했지만 개명 자체보다도 고민하는 과정이 더 중요했던 건지 지금은 남순으로 살고 있다.

나는 명절에 큰이모가 남순을 두고 "남순이가" 혹은 "남순아" 혹은 "남순이는" 하면서 이야기하고, 엄마가 화난 사람처럼 크게 웃는 걸 보는 게 좋다. 엄마보다 큰 사람이 엄마가 갈수록 말라가는 걸 안타까워하고, 안쓰러워하고, 어릴 적을 기억해주고, 마치 지금도 어린애인 것처럼 대해주는 모습을 보면 그 속에서 엄마가 느낄 잠깐의 평화가 내게도 전해진다.

조카와 함께 있는 집에서 「엄마 까투리」 만화를 틀어놓고 있으면, 조카만큼이나 엄마도 집중해서 본다. 처음에는 어떻게 저렇게 진짜 말하는 것처럼 그려냈냐, 하며 기술 발전에 놀라움을 금치 못하다가 독수리가 나타나서 아기 까투리를 공격하려 들면 금방 아기 까투리에 이입해 빨리 도망가야 한다고 큰일 났다고 발을 동동 구른다.

엄마는 가끔 그림도 그린다. 남순 그림의 특징은 해바라기에 눈이 달렸다는 것이고, 눈만 달렸다는 것이며, 눈이 꽤 부리부리하다는 것이다. 또 다른 특징은 색인데, 분명 보고 그렸다고 하면서 선인장은 파란색이다. 엄마는 그 그림들을 내게 찍어 보내면서, "심심해서 그렸어. 매일 쓰는 기억 노트에 그린 거야" 하고 말했다. 색감이 살아 있다고 하자, "서연이 색연필이지 뭐" 했다. "늙어도 동심이 살아 있나 봐" "자야겠다. 잘 자" 하더니 내가 보낸 하트 이모티콘을 보곤 맘 스타일이라고 하면서 "선물해봐ㅋ" 말해서 나를 웃겼다.

엄마가 당신이 등장한 글을 읽고 싶다기에 두 편 보냈다. "내 얘기 나와서 잼나네" 하며 좋아했다. "그 글 읽은 편집자가 엄마 멋진 분 같대" 하니까 "별말씀" 보내더니, 갑자기 "나 편집장 했음 잘했을 것 같아" 하더니 별안간 진로를 탐색했다. 나는 웃다가, 엄마가 쓰고 싶은 대로 쓰는 글 한 편이, 한 편 아니고 두 편이, 그 이상이 아까워서 웃을 수 없게 되었다. "뭐 더 쓴 건 없소" 하며 묻는 엄마처럼 나도 엄마 일기를 구경한 날엔 "엄마, 일기 더 길게 써, 재밌다, 응?" 하고 말하고야 만다. 엄마는 어디서 안 배워도, 글을 똥집으로 써야 한다는 걸 알잖아.

엄마가 나보다 훨씬 더 많이 알아도, 깊고 넓어도, 나는 매번 이런 게 슬프다. 엄마가 어떤 체험장이나 전시장에 가서 방문

178

기념으로 '김수아' 이름이 적힌 스티커를 만들어 가방에 붙인 걸
보면 마음이 아프다. 귀여울수록 더 그렇다. 엄마가 그린 웃는
꽃게 그림처럼.

언제는 조카가 언니에게 화가 나 집이 흔들리게, 거의 똥집에서
우러난 울음을 터뜨렸다. 엄마한테 화난 것이면서도 엄마, 엄마,
하고 운다는 게 묘했다.

어느 날 나는 일기장도 식탁 위에 놓인 포스트잇도 아닌
데서 엄마의 메모를 확인하게 되었다. 그것은 엄마가 당신에게
보내려다 나에게 잘못 보낸 메시지였다. "갖지못한거에대해
절망"이라고 쓰여 있었다. 오전 일곱 시 사십 분이었는데, 나는
엄마가 아무리 원하고, 원하지 않으려고 원해보아도 가질 수
없었던 것들에 대해 생각하게 되었다. 나에게도 엄마가 있었다는
사실을 깨닫게 되는 날이 올까 봐 두려워하던 나는, 엄마의 절망을
내가 예측할 수 없다는 것을 깨닫고 두려워졌다.

멜론

친구 집에 김향안 수필집이 있었다. 표지가 멋있어서 들여다보았다. 『월하의 마음』이라고 쓰여 있었다. 나는 그것을 사 보겠다고 마음먹었다. 옛날에 쓰인 글이라고 모두가 내 마음을 자극하지는 않는다. 김향안의 글에서는 오래 애정을 들여 관리한 그릇 같은 맛이 났고 그의 글을 읽으면 삶을 성의 있게 대하고 싶어졌다. 1956년에 그는 파리에 있었다. 나는 그의 산문집을 읽으며 군데군데 줄을 치고 웃고 "오호 그렇군요" "왠지 야해" 하고 메모를 남겼다. 1954년 7월에 「호박의 미각」이라는 제목으로 쓴 글에다가는 날짜에 동그라미를 치고 "호박의 낭만이로구만요……" 라고 메모했다.

나는 세상에 없는 사람들이 나누고 간 사랑 이야기 읽는 것을 좋아한다. 이제 이런 말은 어디서 누구도 안 하겠지, 아쉬워하고 부러워하면서 읽는다.

이상이 변동림과 나눈 대화를 가끔 찾아본다. "우리 같이 죽을까, 어디 먼 데 갈까." 몇 번을 읽어본다. 우리 같이 죽을까, 어디 먼 데 갈까. 우리 같이 죽을까, 어디 먼 데 갈까. 이상이 위중한 상태로 동경의 병원에 입원해 있을 때 변동림이 문병했다. 귀에 대고 무엇이 먹고 싶냐 물었다. 이상은 센비키야(고급 과일 가게)의 멜론이 먹고 싶다고 했고 변동림은 센비키야에 멜론을 사러 나갔다. 나는 변동림이 청혼을 받아들이며 "선생님을 따르기로 했습니다" 말한 데서 멈춰 있었다. 수필집에는 이상에 관한 글이 몇 편 더 있다. 그 사이엔 이런 문장이 있다. "나는 이러한 이상의 글을 싫어한다." 변동림은 이상이 죽은 뒤 개명해 '김향안'으로 살았다.

　『월하의 마음』 마지막 장에는 이런 문장이 있다. "멜론의 본고장은 불란서다." 센비키야 과일 가게는 아직 있는 듯하다. 2019년 불황 탈출이라는 테마로 블로그에 소개되고 있었다.

벽돌로 만든 집

방충망 사이로 넘어오는 풀벌레 소리는 안 거슬린다. 소리는 물론
젖은 바람도 함께 와야 하고 오래된 나무의 축축한 향기도 같이
와야지. 내가 있는 이곳은 일제강점기에 지어졌다.

이곳은 공관 정문 앞쪽으로 고위직 간부들이 거주하는 관사가
늘어서 있어 관사촌으로 불리며 대전에서 가장 좋은 주택가로
손꼽힌단다. 공관은 2층이며 밖에서 보면 첫눈에 적색 벽돌과
푸른 기와가 눈에 띈다. 공관은 좁고 깊은 굴처럼 생겼고 군데군데
다른 곳으로 통하는 문이 있다. 천장이 낮고 걸을 때마다 바닥에서
삐걱삐걱 소리가 난다. 창은 남쪽으로 넓게 내었다고 하고, 거실과
계단, 벽 곳곳에 장식 창을 내어 외부의 빛을 안으로 끌어들였다
한다.

창이 마음에 든다. 방마다 천장 높이가 다를 수도 있나 싶은데,
아무튼 천장이 높은 방에 가면 한쪽 벽이 아예 창이다. 통유리는
아니고, 나무 틀로 둘러싸인 정사각형 모양의 유리가 빼곡하다.
유리를 감싼 나무 틀 때문에 바깥 풍경이 오롯이 보이지 않는다.
다 보이지 않는 것을 나 혼자서 일본풍이라고 느낀다. 바깥의 정원
풍경과 몇 번 걸러져 부드럽게 들어오는 빛을 즐긴다. 공관은
문화재로 오전부터 오후까지 시민에게 개방되고, 앞쪽 관사는
지역 문화예술인, 해외 문화예술인의 레지던시로 쓰인다. 난 해외
문화예술인이고 싶지만 지역 문화예술인인 사람이고 가을 내내
시를 써야 했다. 집 안에서 창문을 닫고 있으면 여긴 그냥 집인데,

여는 순간 자연이 쏟아져 들어온다. 다른 작가들이 모두 퇴근한 시각, 빈 관사에서 내 키보다 더 큰 창문을 군데군데 열어놓고 벽에 머리를 기대고 있다. 이런 호사가 있나.

여기선 시를 써야 하는데, 시를 쓰겠다 하고 들어왔는데 뭐가 시인지 모르겠어서 우선 사람들이 쓴 글을 본다. 글 중에는 대전 반성매매운동 역사를 기록하기 위해 반성매매 활동가들을 인터뷰한 속기록도 있고 시인이 쓴 수필도 있다. 제목은 「엄지손가락이 멈추는 순간」*이다. 눈이든 손가락이든 정지하는 순간이 잦은 날이 좋은 날이다. 오늘 먹은 백반이 띠용~ 하게 맛있어서 사장님 가까이 올 때마다 밥 한술 크게 퍼 넣고 맛있어요 최고예요 연발하거나 서점에서 펴본 책 속 문장이 좋아서 되새김질하다 아는 사람 다 흔들어 깨워 읽어주고 싶다고 느끼거나.

몇십 장짜리 속기록을 띄워놓고 스크롤을 내린다. 다 똑같이 생긴 글자 모양인데 검지 손가락이 멈추는 데가 있다. 사람마다 다르기도 하고 누구나 같기도 한데, 내가 멈춘 부분은 대화였다. "그럼 ○○은 자기가 어떤 활동가였으면 좋겠어요?" 혀뿌리까지 얼려버릴 정도로 시원하고 달큰한 소주 맛을 연상케 하는 활동가는 소주와 닮은 활동명을 가졌다. "술 같은?" 장난스럽게 물으니, "그치, 약간 술 같지" 하고 답한다. 어떤 사람이 되고 싶냐거든 나도 술이라 해야지. 탁 풀리게 하는. 드러누우면 가슴 둥둥거리게 하는.

옛날 집이 좋다. 여기 와본 몇 사람도 다 자긴 옛날 집이 좋단다.

• 손미, 「엄지손가락이 멈추는 순간」, 『서정시학』 2015년 봄호, 44~47쪽.

옛날 집을 좋아하는 사람들은 특히 창틀이 넓은 것, 평평하고
넓어서 걸터앉을 수 있고 집 안에 앉아서 바깥에 있는 기분을 낼
수 있는 것을 좋아하고 현관을 열고 나갔을 때 아기사방도 할 수
있을 법한 회색 돌바닥이 있는 것을 좋아한다. 옛날 집에 있으면
옛날 사람처럼 살아도 될 것 같고 옛날에 있어도 될 것 같다.
화면으로 봐도 될 걸 괜히 종이에 인쇄해 줄 치며 읽는다. 봄이면
이곳, 벚꽃 흐드러지게 핀다. 평생 들어도 이름을 모르겠는 풀벌레
소리 들으면서 방충망에 붙은 방아깨비를 봐도 놀라지 않으면서
아주 오래전부터 마셔오던 술을 오래전부터 좋아한 안주와 먹으면
좋겠다. 꽃을 아는 사람이 되고 싶다.

책상에 모과를 두고 앉으면 생각보다 향이 자주 난다

전엔 모과 향이 상큼하고 가볍다 생각했는데 맡아보니 안
그렇다? 기름지고 되게…… 무거워. 응, 무거워. 나와 친구는
어릴 때 나이 든 사람의 차에서 보았던 모습을 떠올리며 손안에서
모과를 놀렸다. 얼마 전에 연희동에서 주운 거라고 했다. 구례에
가면 단감이 지천이고 연희동에선 운 좋으면 모과를 주울 수
있다. 모과에서 어떤 향이 나는지 모르는 사람이 있는가 하면
주워서 호리병 주둥이 위에 올려놓는 친구도 있다. 모과 향은
매우 향긋한데, 향수처럼 진하지는 않아서 금세 어떤 향이었지
잊힌다. 향은 처음으로 온다. 바지춤에 모과기름을 닦고서 두 번은
일어나지 않는 일에 관해 적었다.

두 번은 일어나지 않는 일. 너와 마주 보고서 웃는 일. 내가
웃긴 말을 하고 네가 웃거나 네가 의미심장한 말을 하고 내가 가만
멈추는 일. 내일의 약속을 뻐근하게 기다리는, 처음 맛보는 맛있는
맛을 끼니때마다 먹는, 같은 말을 매번 다르게 하는, 척추를 따라
서늘하게 깨달음이 번지고 그걸 문장으로 잡아두는, 찾으러 간
무언가를 찾으려다 그보다 더 좋은 걸 갖는 일. 처음이자 마지막일
여행지의 지명을 외우는 일. 내가 제안하고 네가 거절하는 일.
영화가 흐르는 도중에 대사를 기억해야지 결심하고 되뇌다가 또
다른 대사를 듣는 일.

이번에는 첫눈에 좋았던 것을 늘어놓았다. 첫눈에 좋았던 것은
이청준의 『예언자』와 은희경의 『빛의 과거』, 김선우의 『녹턴』과

185

최영미가 쓴 『시대의 우울』. 네가 흥얼거린 옛날 노래, 네가 좋아하는 나그참파 냄새, 딸기와 코코팜 젤리 넣어 만든 샹그리아. 좋은 것은 죄다 1990년대에 해버렸다. 옷차림, 노랫말, 사랑 고백, CD를 갖거나 시집을 갖는 것. "너는 시키는 대로는 절대 안 하지" 말하는 점쟁이의 깍쟁이 같은 톤. 아주 모르겠는데 옆에 서면 어떨까 그게 궁금해 자꾸만 가까이 가까이 다가가게 되는 애. 가을에는 밤색으로 여름엔 연두색으로 철마다 나오는 부지런한 계간 문예지에 실린 심사평.

내가 받지 않은 심사의 심사평. 거기엔 다른 어디에서보다 분명한 진리가 간결하게 들어 있었다. 나에게 하는 말이 아닌데 내가 깨닫는 말. 채점하고 검사받으러 줄 섰다가 앞 친구 설명 듣는 거 엿듣고서 얼른 답을 고치는 학생처럼 나는 다음과 같은 문장에 고개를 끄덕거렸다. "그것은 진행 속도의 문제가 아니라 작가가 얼마나 이 작품을 알고 있느냐의 여부, 즉 조율의 문제로 봐야 한다. 적어도 작가가 글을 방치했다는 느낌을 주지 않는 것이 중요한데……"• 김선우가 시집에 쓴 말처럼 "기운을 차릴 것, 기억할 것, 노트를 마련할 것, 증언할 것".••

영화를 보고 돌아와 적었다. "만년필을 돌려받을 것. 가는 데마다 벽이라면 펜을 들 것. 길에서 모과를 보면 미끈한 것으로 먼저 집어들 것. 그어진 무늬에 대해, 끈적한 감촉과 사라지는 향, 언제나 처음인 것에 대해 쓸 것. 그리고 처음 그것이 놓여 있던 자리를 잊을 것."

• 윤고은, 소설 부문 심사평, 『문학동네』 2019년 가을호, 50쪽.
••김선우, 「그해 봄 처음으로 神을 불렀다 2」, 『녹턴』, 문학과지성사 2016, 103쪽.

커튼콜

할 일 없이 늘어지는 주말 오후에는 자유가 버겁다. 밖에 나가서
커피 한잔 사 마셔도 되고 시내 나가서 젊은 사람들 구경해도 되고
뭐든 할 수 있는 날인데, 모든 일이 싱겁기만 하다. 문자가 왔다.
"금일 공연 시작은 오후 세 시입니다. 관객 입장은 두 시 오십
분에 마감됩니다. 오늘 공연을 보러 와주시는 관객 여러분 모두
진심으로 감사드립니다."

　전에 내가 연극 티켓을 예매해놨나 보다. 대학교 졸업하고도
도서관에 책 보러, 궁동에 회의하러, 어은동에 밥 먹으러 다니느라
그쪽을 떠나지 않았는데 그 연극도 대학교 동아리에서 올리는
거였다. 눈 감고도 갈 수 있을 것 같은 충남대로 나는 미끄러져
들어갔다. 시험 기간이 낀 주말 오후 학교에선 일상과 유리된
느낌이 났다.

　하루 중 해가 가장 긴 시간을 살짝 넘긴 오후 세 시경의 열감.
오래 묵은 천장과 바닥이 천천히 머금었다 천천히 뱉어내는
한가로운 열기. 학생회관 3층에는 사진 동아리와 암실, 연극
동아리 연습실과 소극장, 기타 동아리방이 있었다. 국립대 건물은
낡았고 한가롭지. 무엇으로부터 멀어 보이는 학교 건물은 그만큼
정취가 있었다. 서울 사립대 캠퍼스에서 느낄 수 없는 정적인
분위기 속 한적한 등나무에서 느껴지는 순진무구.

　학생회관 동아리방은 문이 조금씩 열려 있었다. 단원들은
동아리 이름이 적힌 슬리퍼를 신고 분주하게 돌아다닌다. 접수를

마친 나는 소극장 앞 의자에 걸터앉아 주말에도 동아리 활동을
하러 나온 남자애들이 말하고 웃고 걸어다니는 걸 구경했다.

몸에 멋을 들이려면 우선 싸구려 개성부터 둘러야 하는 건지,
처음부터 아름다울 순 없는지, 그런 생각을 하면서 돌아다니는
남자애들의 종아리를 바라보았다. 소극장 특유의 냄새가 났고
다섯 명 정도의 관객이 있었다. 조명이 꺼졌다.

빈틈없이 몰아치는 흥미로운 극을 보고 나올 때보다 오늘처럼
빈틈이 많은 극을 볼 때 오히려 연극을 알게 되는 것 같았다.
배우가 압도하지 못하면 틀린 거구나, 눈 둘 곳이 없으면 안
되는구나, 마가 뜨는 것과 침묵이 흐르는 것은 다르구나, 작위와
개성은 다르구나.

나는 어느 정도 완성된 사람의 움직임을 보고 싶었다. 어설프고
불완전한 건 나한테도 많으니까. 이제 창작극 안 봐야겠다.
후다닥 나가야겠다 생각하면서 주섬주섬 소지품을 챙겼다. 막이
내리고 배우들이 함박웃음 지으며 달려 나와 고개를 너무, 너무
많이 숙이고 입을 너무, 너무 많이 벌리며 웃었다. 인사가 끝나고
조명이 꺼질 때까지 박수를 칠 수밖에 없었다.

그들에게서 나의 어설픔을 발견했고 자기의 어설픔을
껴안으려는 이의 몸짓을 보았다. 슬리퍼를 질질 끌고 다니는
지리멸렬의 시간이 날 어디로 데려갈지 모르면서도 그곳에
어우러질 때, 내가 젊다는 걸 나만 빼고 다 알았을 때, 어설프고
싶지 않은데 어설퍼서 짜증 날 때 나의 이다음을 믿어주는 사람이
내게도 필요했으니.

희곡의 삼요소

우리 조연출은 연극인 모사를 잘했다. 그의 말에 따르면 연극
하는 사람들은 다른 사람을 맞이하기 위해 목을 쭉 빼놓고 양팔을
사뿐히 벌리고 있는다고 했다. 나는 그게 뭔지 알 것 같다고
고개를 끄덕이며 웃다가 그런 사람들이랑 같이 지내면 재밌겠다고
생각했다. 옆에선 극단에서 활동해본 경험이 있는 사람이
극단에서 숙식한 이야기를 해주었다. "일어나면 같이 구보하고
아침밥 지어서 먹고 연습하고, 점심 먹고 연습하고 저녁 먹고
연습해요. 그리고 공연 다가오면 밤에도 모여서 연습하고⋯⋯
매일 그렇게 연습을 해요. 숙식하면서 친해지기도 하고 인물에
관한 이야기도 나누니까 이해 안 되던 것도 어느 날 이해가 돼요."

　좋은 연극은 관극觀劇의 순간을 기억하게 해주고 나는 기억이
모자라 연극을 찾아다닌다.

　내가 왔다 갔다 하는 동네에 소극장이 있고—그것도 모여
있고—그래서 전봇대에 걸린, 배꼽 잡고 깔깔댈 수 있다고
약속하는 포스터를 자주 보았다는 데서 정당성을 찾으며 희곡을
써댔다. 희곡의 삼요소가 뭐예요? 인물, 사건, 배경! 틀렸다.
정답이 기억 안 나서 지금도 내게는 인물, 사건, 배경이 중요하다.
막상 쓸 때는 희곡의 삼요소보다 극단 사무실에 있던 책 『통쾌한
희곡의 분석』⁎이 도움 되었는데, 거기서는 행위성을 이야기했다.

⁎ 데이비드 볼, 『통쾌한 희곡의 분석』, 김석만 옮김, 연극과인간, 2020.

일이 벌어지고, 또 일이 벌어지는 사건의 연속. 몸이 움직이고 마음이 움직여서 벌어지는 일들. 수습하려다가 또 다른 일이 생기고 그러다 어디선가 멎는. 다른 글을 쓸 때 이 문장 다음에 어떤 문장을 쓸지 고민하지 않듯이 대사 다음에 어떤 대사를 쓸지 고민하지 않았다. 그렇게도 쓸 수 있겠지만 대사에는 몸을 움직이게 하는 동기가 생생하게 있어야 했다. 육체성을 가지고. 희곡은 기민하게 음미하며 읽는 게 아니라 몸을 움직이며, 그대로 살며 읽는 것 같았다. 도미노가 쓰러지면서 다른 도미노를 건드리듯이. 건드려지지 않는 사람은 한 명도 없었다.

충남대 근처에서 제일 늦게까지 영업하는 곳은 공차라서 새벽 두 시까지 있을 수 있는 그곳에 갔다. 수증기 한가운데서 친구들이 사준 노트를 펴놓고 한쪽에는 『통쾌한 희곡의 분석』을 꺼내놓고 연애하는 옆 테이블 사람들이 포장 손님이기를 바라가면서 글을 썼다. 처음이고, 이번 한 번만 어떻게 넘어가자는 생각으로 1막 2막 3막 4막을 우선 나누고 각각의 막에서 나와야 할 말과 벌어져야 할 일을 적어두었다. 그 안에서 그 덩어리들이 살지고 자랄 수 있도록 덮어놓고 생각을 했다. 이것저것 읽고 주위도 둘러보고 사람들이 하는 말도 들었다. 지금까지 내가 들어보았던 말이나 했던 생각을 떠올려보았다. 과거의 나, 현재의 나, 미래의 나. 그 셋이 이야기하게 했다. 셋 중에 가장 말을 아끼는 이는 현재의 나였다. 그럴 땐 책을 열었다. 나를 나아가게 하는 말이 있었다. 이 이야기가 말이 되는지 알려면 거꾸로 읽어보기.

내가 원해서 인물이 이 말을 하고 이 행동을 하도록 만드는 게 아니라, 거꾸로 읽어보면서 이 인물이 정말 이렇게 할 만한지, 할 것 같은지 돌아보는 거였다. 그런 식으로 점검하면 인물의 동기와 행위가 명확해졌고 그들이 가야 할 길이 찾아졌다. 때로는 인물이 알아서 찾기도 했고, 찾아지지 않으면 아예 처음부터 다시 생각하기도 했다. 나에 대해서도.

배우가 선생님께 전달력, 표현력에 대해 질문하면 그걸 듣다가도 애초에 왜 전달하려고 하지? 하는 생각이 들었다. 혼자 이렇게 느끼고 있는 게 이상하게 느껴질 땐 거울도 보고 물도 마시고 휴대전화도 보았다. 감동을 왜 주고 싶지? 감동을 해서. 정말? 이런 걸 하고 싶어한다고? 연말정산보다야 재밌고 확실히 뭐가 더 있기는 하지. 전국에서 모이는 단원들이 전염병으로 만날 수 없게 되고 그에 따른 연습 시간 부족으로 공연을 올릴 수 없을 것 같다고 의견을 모아가던 중에, 한 번도 들어가본 적 없는 소극장마저 정겨운 눈길로 슬쩍 되돌아보게 되어버린 나는 주차할 데를 찾다가 한 무리의 또래 인간이 소극장 앞에서 담배를 피우고 있는 것을 보았다. 반짝이 재킷을 입고 한 명은 계단에 걸터앉아, 다리를 더는 벌릴 수 없을 정도로 벌린 채 담배를 피울 때, 같은 타이밍에 빨아들이고 각기 다른 길이로 내뱉을 때 그사이의 정적과 대화와 웃음이 어떤 종류인지 알 것 같았다.

마지막으로 무대에 설치한 소품을 철거하고 모두와 인사하기 위해 공연장에서 만나던 날에는 한 팀씩 인터뷰를 했다. 서울과 대전을 오가야 했던 무대팀장은 무대를 상상하기 위해 극본을 보고 또 보았고 기차 안에서도 매번 보았다고 했다. 우리에게는 소품으로 사둔 막걸리 잔과 술 항아리를 표현하기 위해 만든 나무 막대기들이 있었다.

무대팀장은 무대를 철거하기 전에 한 가지 제안을 했다. 다들 나와서 나무 막대기로 만든 더미를 술독이라고 생각하고 술을 퍼 마시며 이 자릴 끝내자고 했다. 기회를 엿봐서 한번 물어보았다. "극본 중에 '술독을 깨지 말고 차라리 술을 마셔요'라는 대사가 인상 깊었어요." 그가 말했다. 옆에 있던 연출이 물었다. "그 대사가 왜 인상 깊었어요?" 무대팀장이 답했다. "저는 부수는 사람이라서요."

술독을 깨지 말고 술을 마시란 대사는 연출이 쓴 거였다. 그걸 쓴 사람은 얼마나 반가웠을까. "저는 부수는 사람이라서요"라고 말하는 사람을 만나서. 연극의 다른 이름은 젊은 사랑. 뭐라도 배우려는 듯. 삶을 처절하게 한 번 살아보려는, 두 번도 살고 세 번도 살아보려는 사람들이 모여서 하루에 딱 하루만큼의 삶을 사는. 그래서 그 안에선, 지하실에서는 사랑이 커지고 애가 끊어지고 곡소리가 퍼진다. 연극의 다른 이름은 처절한 삶. 1초도 가짜는 아니겠다는 듯.

꿈을 꾼다

가수 김현지가 부른 「바보처럼 살았군요」를 들으면 울게 된다.
바로 어제까지만 해도 바보처럼 살았다는 생각이 들면서 눈물이
난다. (노래가 끝나고 나면 또 비슷하게 살겠지만.) 아웃사이더
같다고들 하는 외양과 저항으로 번역되는 솔직함. 고인이 삶에서
느낀 고단함과 외로움은 노래를 절규로 만들었다.

　김현지가 노래하는 모습은 영상으로 봐야 한다. 목에 핏대가
돋고 핏발 선 눈에 물이 고이는 얼굴을 보아야 한다. 김현지의
사망 소식을 알게 되던 날은 종일 그 노래를 들었다. 바보처럼
살고 있는데 바보처럼 사는 게 아니면 어떻게 살아야 할지 몰라서
울었던 것 같다. 아까운 사람들이 자꾸만 죽는다.

　배우 지망생도 아니고 배우도 아닌 나는 백상예술대상 축하
공연 보던 날에도 울었다. 조연 배우 서른세 명이 무대에 올라
「꿈을 꾼다」를 합창했다. 카메라는 객석에 앉은 김혜수가 눈시울
붉히는 모습을 보여주었다. 꿈이라는 말은 촌스럽고 진심이란 건
순진해서, 둘을 합치면 답답할 뿐인데도 꿈꾸는 사람이 돌아보면
나는 번번이 반응하고 만다. 가수 김현지의 꿈을 들을 수 없게
됐지만, 꿈꾸며 사는 사람을 간혹 만난다.

　표정과 목소리가 예술이구나 싶은 배우가 있다. 이정은을
어떻게 소개할 수 있을까. 단박에 알리려면 영화 「기생충」에서
문광 역으로, 드라마 「미스터 선샤인」에서 함안댁 역으로, 영화
「미성년」에서 방파제 돈 뜯는 역할로 출연했던 배우라고 말할

수 있을 것이다. 그는 한양대 연극영화과에서 배우의 꿈을
키웠고 대학로에서 연극을 했다. 독립영화와 상업영화에 꾸준히
출연하다가 마흔다섯부터 방송에 출연했다.

그는 마흔 살까지 아르바이트와 연기를 병행했다고 한다. 간장
판매, 채소 판매, 녹즙 판매를 했단다. "지금 생각해보면 버릴
시간이 하나도 없는 거 같아요, 연기자한테는. 내가 어떤 역할을
하고 싶어도 얼굴에서 나오는 느낌이라는 게 있잖아요. 얼굴을
만드는 시간이었던 것 같아요."

이정은 배우는 「택시운전사」에 출연하기 전 광주 사투리를
배우려고 녹음기를 들고 광주로 갔다. 상다리 부러지게 차려놓은
식탁과 광주 이야기를 하며 눈물 흘리는 사람들을 보고 녹음기를
껐다고 말하는 그를 보며 생각했다. 어떤 사람과 함께 살고 싶냐고
묻는다면 감정을 상상할 수 있는 사람이라고 해야지. 세상에는
상상하기 어렵지만 상상해야 하는 감정이 있다. 그것을 보고
느끼지 않으면 안 될 것처럼 탐구하는 사람이 좋다. 딱히 애쓰지
않아도 화면 너머로 훈기가 전해졌던 것은 그가 대사의 배경과
인물의 심정을 먼저 헤아리려는 사람이기 때문이었을 것이다.

연기자를 꿈꾸는 후배들에게 어떤 말을 해주고 싶냐는 질문에
배우는 답했다. "연기자에 국한된 이야기는 아닌 것 같고…… 꿈을
가진 분들이라면 공감하실 것 같은데요. 무엇이 되려고 하기보다
연기하는 그 순간이 좋았다면 첫 느낌을 믿으세요." 자주 들어본
말이었지만 이건 들리는 목소리였다. 이런 식의 말은 하고 싶지
않지만 그래도, 질문과 답 사이의 잴 수 없는 간격을 예감하지만
그럼에도, 그런 생각을 한 것 같아 보였다. "처음 느꼈던 설렘,
즐거움, 흥분—그 원초적인 감정을 계속해서 넓혀가야 하는 것

같아요. 잘되려는 마음보다, 누구 눈에 들어서 어떻게 해야지 하는 계산보다 그 설렘을 기억하고." 첫 느낌을 해치려는 시간들을 뚫고 현장까지 무사히 운반하는 일.

배우가 인물을 연기하기 시작하면 보이지 않던 것들이 드러나기 시작한다고. 표현하는 일을 하면서 기쁠 때는, 표현하는 사람이 하는 말을 나름대로 이해할 때다. 드러나지 않던 미묘함을 찾아 빛을 비추면, 사람들은 세상에 없던 것이 나타났다고 한다. 쓰는 순간 내가 할 일은 얼굴을 만드는 것이다.

계속 시작하기만 한다

요가는 몸의 운동이기만 한 게 아니었다. 몸과 마음의 심란함이 최고조에 달할 때 내가 찾겠지 싶은 숙명이었다. 선생님은 숨 깊게 쉬는 법과 바르게 서 있는 법을 알려주었다. 모두 고장 났으니 처음부터 다시 배워야 한다고 그랬다. 잘못이 무엇인지 알면서 고치지 못하는 사람은 수치심을 느낀다. 제대로 서 있기도 힘든데 걷긴 더 어려웠다. 선생님은 꼬리뼈를 말아 넣는다는 느낌으로 엉덩이를 집어넣으랬다. 배꼽은 등 쪽으로 붙이라고 했다. 그게 어떻게 동시에 되지? 어정쩡하게 서 있는데 어깨를 펴주고 갔다.

나의 사랑법은 식사법과 닮았다. 먹고 싶으면 주저 없이 집어 먹었다. 배고프면 다른 것도 먹었다. 맛있는 걸 먹으려고 태어났나 봐. 그 짓 반복하는데 언젠가부터 행복하지 않았다. 내가 먹고 싶은 음식이 아니었나 봐. 몸은 늘 관리해줘야 하고 서 있을 때도 의식해서 힘을 줘야 하고 숨도 목으로 쉬면 안 되고 배로 쉬어야 하고 아랫배는 넣어야 하고 감정은 돌봐야 한다.

자기 몸의 힘을 길러야 진짜 교정이 된다고 남이 도와주는 건 그때뿐이라고 선생님이 거울 보고 말할 때 나는 내 사랑법을 생각했다. 처음이 있다면 처음부터 배우고 싶다고. 맛있는 음식을 먹어치우는 것은 음식을 좋아하는 것이지 음식을 사랑하는 게 아니라고. 그럼 사랑은 뭐냐고. 나는 사랑을 다시 배우고서 한 사람을 오래오래 사랑하고 싶다고. 오래오래 사랑받고 싶다고.

***

　어느 날에는 땀을 삘삘 흘리면서 요가를 했다. 동작 몇 번 안 했는데도 땀구멍은 열 준비를 이미 하고 있었는지 땀이 한 방울씩 가슴 타고 흐르더니 투둑투둑 떨어지기까지 했다. 50분 동안 미친 듯이 요가를 하고 나면 선생님은 온몸에 힘을 빼고 누우라고 말한다. 그러고는 난생처음 들어보는 노래를 틀어준다. 항상 같은 노래인데, 이 노래만 들으면 사막에 온 것 같다가 사막보다도 더 전생 같은 곳에 온 것 같다가 영원히 이어지는 사후세계에 도착한 것 같아서 편안해진다. 노래 찾기로 찾고 싶지만 불경한 짓을 하기 어려운 분위기라 듣고만 있는다.

　몸이 없는 것처럼 누우면(이것은 아주 어려운 일이다) 선생님은 우리가 있는 공간의 모든 빛을 차단하고 커튼을 치고 나가 계신다. 10분 동안 누워서 호흡을 정리하는데, 힘을 어떻게 빼는 걸까 생각하는 동안 10분이 지나기도 하고 어떤 사람은 3분 만에 코를 골며 자기도 한다. 노래 찾기를 하는 사람은 아직까지 없다……. 10분이 지나고 다시 들어온 선생님은 노래를 끄고 불을 켰다. 오늘처럼 습기 찬 날에 우리 몸에는 습濕이 많다고 했다. 땀을 쭉 뺐으니 몸이 가볍고 개운할 거라고 했다. 몸에 습이 많다는 말이 무섭기도 하고 흥미롭기도 했다. 몸에 습이 많으면 울든가 땀을 내든가 해야 한다.

　나는 이제 사랑에 대해 쓰려고 한다. 몸에 힘을 다 빼고 사랑을 할 수 있을까. 불신과 누추함 질투 열등감 같은 것을 떼어낼 수 있을까. 나는 사랑 앞에서 지지 않으려고 한다. 습기는 땀으로도 뺄 수 있다니까 이제 나는 사랑에 대해서 쓰려고 한다. 불안하면 불안하다고 그리우면 그립다고 모르면 모르겠다고 알면 알겠다고 알아도 몰라도 사랑한다고 나만 나를 잃고 너는 너를 잃지 않는 게 무섭다고. 사랑에 빠져드는 느낌은 통제력을 서서히 잃어가는 느낌인데. 내가 바라는 건 바라는 게 이루어지지 않더라도 사랑을 계속하는 거라고. 이제 나는 사랑에 대해 말하려고 한다.

사랑은 감미롭게 혁명은 치열하게

어느 대학의 과가歌라고 했다. 사랑은! 하면 나머지가 감미롭게, 혁명을! 하면 치열하게! 외치고 나서 한잔 털어 넣는 것이다. 이런 말에 감응하는 사람들이 글을 쓰게도 읽게도 되고 사랑도 하게 된다. 나는 그런 것을 복창하며 잔을 부딪치는 사람들을 부러운 눈으로 보다 내 앞에 앉은 사람에게 웃어 보이는 사람이다.

약점을 요령 있게 드러내놓고 사랑받는 것에 어색함이 없는 사람이라면 이런 글을 쓰지 않고 읽지도 않을 것이다. 이 세상에서 약점을 드러내는 것은 금지되어 있다. 물어뜯기 좋은 곳은 여기야. 나는 바로 세상의 그런 점 때문에 좀 크고 나서는 일부러 약점을 드러내곤 했다.

글을 쓰면서 약점을 드러내기는 쉬운데, 사랑을 하는 동안에는 어려웠다. 사랑을 하려면 약점을 드러내야 하는데, 그런데……. 사랑에 대한 글을 쓰는 것으로 사랑에서 비켜나고 있던 내게, 사랑은 치열하게 혁명은 감미롭게 하는 내게 그 구절은 가슴 복판에 와서 꽂혔다. 그런 사람은 집으로 돌아와 이런 글을 쓰기 마련이다.

내가 매년 하던 다짐은 연애를 하지 말자는 것이었다. 그러니 당신은 내 앞에 나타나면 안 되는 것이었다. 얼굴을 보이면 안 되고 웃으면 안 되고 골똘해지면 안 되고 다리를 꼬면 안 되고 가방에서 소지품을 꺼내면 안 되고 뒷모습을 보이면 안 되고 당신만의 습관을 내게 그대로 보여서도 안 되고…… 그러나 당신은 이 모든 것을 했고 나는 쓰게 되었다.

나는 허벅지를 쓸며 생각했다(매운 걸 먹은 사람처럼 보였을 것이다). 이따 집에 가면 이걸 먹자, 저걸 먹자, 마트에 가서 빵을 사자, 내일은 꼭 차를 수리하자…… 나는 이것도 저것도 안 먹었다. 하겠다고 다짐한 모든 걸 하지 않았다.

사랑은 나로 하여금 사랑을 하고 싶게 만들었다. 사랑을 본 적도 없는데 그것을 하고 싶게 만들었다. 강된장이나 뚝배기무조림을 먹고 싶게 만드는 차원이 아니라, 사랑을 하고 싶게 만든 것이다. 사랑은 한 사람이 그토록 피해왔던 것을 하게 만들었다.

당신은 차 안에서 노래 한 곡을 들려주었다. 내게 순간적인 기억력이 있다는 것과 사람에게 노래 가사로 제목을 검색해낼 수 있는 능력이 있다는 것을 안다면 정말 그러면 안 되는 것이었다. 나는 이렇게 하고 저렇게 할까요? 하는 당신의 말에 네, 네, 네, 대답하고 말았다. 그런 모든 제안은 당신의 존재가 내게 던지게 될 질문에 비하면 아무것도 아니었기 때문에 다른 것은 아무래도 좋았다. 당신은 당신이 할 일을 했다.

나는 계속 '네'를 해대다가 결국 십 분 있으면 네 신데 네 시에 일어날까요 하는 말을 들어버렸고, 거기에도 '네'라고 해버렸다. 당신은 네 기계에 자비를 베풀어 근처나 좀 걷다 가자고 했다. 내 대답은 볼 것도 없이 당연히 네. 길에서 자자고 해도 '네'일 것이었으며 길에서 살자고 해도 '네'일 것이었다…… 나는 허벅지가 닳아 없어질 것을 우려해 다리를 반대로 꼬던 참이었다.

우리는 다섯 시가 되기 전에 헤어졌다. 다른 날에는 노트북 없이 만나서 거리를 걷고 밥을 먹었다. 술 깰 겸 영화를 보러 갔다. 나는 한 번도 가본 적 없는 한글로 된 영화관의 이름을 들었고 거기서 지금의 내 감정과는 아무 상관없는 천재 과학자의 이야기를 보며 옆에 앉아 있기만 해도 재미가 있어 미치겠구나, 내 손에서 방출되는 이것이 라듐이 아닐까 하는 생각을 했다. 4D. 이것은 4D다. 한글로 된 이름의 영화관에서 나 혼자 4D. 손을 잡게 되었고 나는 나에게 몸이 있다는 것에 감사했다. 처음이자 마지막으로 손을 잡는 사람처럼 당신의 손을 잡은 내 손을 내 다리 위에 올려놓았다. 라듐. 허벅지에 둥그렇게 번지는 이것은 라듐이다. 당신은 천재 과학자다.

사랑이 내게 남긴 질문은 더 이상 '네'로 끝낼 수 없는 것으로 변했다.

**

재밌는 책을 읽고 싶다. 사자마자 팔아도 되겠다 싶은 책 말고 봐도 봐도 본 것 같지 않고 계속 보고 싶고 이고지고 다녀도 억울하지 않고 있어줘서 그저 감사하고 신기한 책 읽고 싶다. 들여다볼 구석이 많은 글은 공백이 많은 글이 아니라 문장 뒤에 맥락이 아주 많이 쌓인 글이다. 공백이 아니라 맥락이야 다 그게. 내가 좋아하는 사람은 그런 사람이다.

내가 매일 하는 일은 글을 읽는 것이다. 내 달력에는 글 써서 보내기와 글쓰기 수업하기와 글쓰기 모임하기가 있다. 글을 쓰며 살아갈 거라곤 단 한 순간도 생각하지 않았다. 단 한 순간도 그것에 관해 생각하지 않았기 때문에 지금 그것을 하고 있다.

과거에 받은 칭찬을 이제 와 자주 생각하는 건 현재가 빈곤함을 가리키지만, 어쩔 수 없이 초등학생 때 들은 칭찬을 기억한다.

선생님은 내가 만파식적 다시 쓰기를 잘한 것, 친구와 싸우고 집에 가는 내 처지를 길에 떨어져 있는 동전에 비유한 것을 칭찬해주었다. 선생님은 내게 장래희망을 물었고 나는 돈도 벌고 명예도 있는 법조인이 되고 싶다고 했다. 선생님은 그것도 좋지만 교사가 되어 글을 쓰면서 사는 것은 어떻겠냐고 했다.

글쓰기 안 좋아하는 척은 커갈수록 더욱 발전된 형태로 나타났다. 그리고 나는 요즘 온라인 시 쓰기 수업을 듣고 있다(숙제는 안 하지만……). 시 쓰기 수업은 전혀 생각지 못했던 데서 도움을 준다. 시가 빈 공간과 맥락을 만드는 것이거나 약속한 뒤 그걸 무화해서 독자를 미궁에 빠뜨리면서 삶의 운동성과 그것이 내포하는 배신의 가능성을 가리키는 것이라면, 시 쓰기 수업을 들은 사람과의 연애는 더욱 다이내믹해질 수 있다.

이해받고 싶어한다. 그만큼 이해하고 싶어한다. 일요일 밤에 글쓰기 수업을 하고 있으면 그런 생각이 든다. 사랑은 사람을 죽이고 살리는구나. 사랑을 받고 사랑을 주는 게 전부구나. 일요일 밤에 글을 쓰겠다고 모였구나.

내가 하는 글쓰기 수업에는 착하고 귀여운 사람들이 온다. 나는 그들이 전과 몇 범인지 알지 못하기 때문에 이런 말을 할 수 있는 건지도 모른다. 글쓰기 수업에서 만나는 사람들은 둘 중 하나다. 체념을 못 해서 긴장을 바짝 했거나, 체념해서 순해졌거나. 체념을 아는 순한 사람과 있을 때 진심이 열리곤 했다.

직면하지 않으면 재미없는 글만 나와요. 고고한 상태로는 재미없는 글만 써져요. 사람은 인간적인 면을 드러낼 때 귀여워져요. 체면, 그런 것도 다 중요하죠. 그런데 속살을 드러내는 것만큼 정드는 일이 없는 것 같아요. 우리의 목적이 사랑을 주고받는 거라면, 사랑할 사람을 찾는 거라면 누구보다 빠르게 약점을 드러내는 게 우리를 승리하게 만드는 거죠.

가끔 사람들은 자기도 못하는 걸 남에게 시킨다. 내 담임선생님이 글을 쓰지 않는 교사였던 걸 생각해도 그렇다.

둘 중 하나다. 쓰지 않거나, 마음 놓고 쓰거나.

***

어째서 세상의 모든 것은 생각만큼 좋을 수 없는 걸까. 나는 사랑을 더 잘하기 위해 상담 선생님과 정신과의사를 찾았다. 과잉 상태에서 무언가를 하게 된다. 선생님은 가까운 관계에서 어떤 게 제일 고민이냐고 물었다. 나는 자꾸만 이별의 시기가 빨라지는 것이 고민이라고 말했다. 선생님은 질문을 했다. 나는 계속 대답했다. 그러다 중요한 것을 깨달았다.

나는 마지막 수업에서 과제를 바꾸었다. '쓰고 싶은 것에 대해 신명나게 쓰기.' 쓰고 싶은 생각이 들지 않으면 안 써도 된다고 덧붙였다(그러면서 진짜 아무도 안 쓰면 어떡하지 조마조마했다). 세 가지 조건이 있는 셈이었다. 쓰고 싶은 때에, 쓰고 싶은 것에 관해서, 쓰고 싶은 방식으로 쓰기. 결과는? 모두 전보다 잘 썼다. 나는 신명이 났다. 수의 세계에선 10에서 2를 먼저 빼건 7을 먼저 빼건 남는 건 1인데, 세상일에서는 무엇을 먼저 빼느냐가 중요하다.

은희경은 악인의 눈으로 세상을 보면 소설을 잘 쓸 수 있다고 했다. 착한 수강생들은 내 말을 잘 들어주었다. 전보다 더 흥미로운 글을 써냈다. 수강생 중에는 어디까지 자신을 드러낼지

고민하던 사람이 있었다. 일주일을 빙빙 돌다 애매한 글이 나오면 자기도 붕 뜨고 글도 붕 떴다. 그 고민을 하던 중 솔직하기로 이름난 시인의 산문집을 보았다고 했다. 그것을 읽으면서 무언가를 알았을 것이다.

첫 수업에선 준비한 모든 말보다 먼저 마음속에서 터져 나온 말을 했다. "이 수업은 자신을 발견하는 것이 목표입니다." 과거의 무엇도 힘주어 털어낼 필요가 없다. 예전에 쓴 글이 창피하더라도 지금 계속 쓰고 있다면 그냥 이렇게 말하면 된다. 그래? 그럼 내일 또 쓸게. 내일은 다르게 사랑해줄게. 내가 계속해서 답을 할게.

내가 좋아하는 글은 단어와 단어, 문장과 문장을 어긋나게 해서 공간을 만드는 데 성공한 글이다. 그것은 이 세계에 더 들여다볼 곳이 남아 있음을 은근하게 알린다. 맨날 먹는 걸 또 먹고 싶고 맨날 하는 이야기를 또 하면서 겨우 해낸다는 게 수명이 다할 때까지 시간을 보내는 거라니. 그 안 맞는 셈법을 가장 드러내놓고 시도하는 게 시라고, 시처럼 안 쓰는 일곱 가지 방법이라는 시 수업을 듣고도 시를 안 쓰는 내가 이렇게 말하고 있다. 사람들은 모순과 역설에 매력을 느낀다. 그것이 가리키는 것이 정작 허무뿐이라고 할지라도……

"첫문단에서 적절히 드러나야 할 정보가 언급되지 않으면 독자는 몰입할 이유를 찾지 못해요." 안다. 영화에서도 시작하고 15분 안에 주제를 보여주라고 하는데, 소심한 작가는 걱정한다. 다 보여줬는데 아 별거 없네 하고 떠나면 어떡하지?

아를레트 파르주는 말했다. "말이 서로 어긋나면서 표현에 모순이 생기고 의미가 불분명해지는 때도 있다. 사람들과 사건들을 자리매김할 만한 의미 망을 겨우 찾아냈다고 생각하는 순간, 작업자 앞에는 불투명한 것들, 서로 어긋나는 것들이 출현하고, 앞서 다른 자료를 통해 추측되었던 풍경과는 전혀 연결되지 않는 듯한 특별한 공간들이 감지된다."•

나는 그를 이해하는 데 실패한다. 그에 대해 완벽히 써낼 수 있다면 굳이 그를 사랑하지 않아도 괜찮지 않을까. 사랑하는 사람을 완벽히 글로 재현해낼 수 있다고 믿는 사람과의 사랑은 끔찍하기도 하니.

연인이 잘 때 나는 그의 책을, 재미없어서 읽는 척하다 만 책을 집어 든다. 배를 깔고 누워 그 안으로 들어간다. 연인이 잠든 시간에 내 세계가 깊어진다. 그러나 좀처럼 넓어지진 않는다. 연인이 체감 50시간을 자고 일어나 나 잠들었어 하고 말한다. 시계를 힐끔 보고서 다시 책을 읽으려는데 내용이 눈에 안 들어온다. 다시 자라…… 천장을 보고 누워서 생각한다. 음, 좋은 얘기였어 신선한 사유였어. 그렇지만 책 같은 거 평생 안 읽어도 좋다고 생각한다.

책들은 실망감을 주었다. 물론 예상치 못한 즐거움도 주었다.

***

완벽한 불균형은 매력적이라고 생각하게 만든 글을 한 편 알고 있다. 제목은 「나에게는 어차피의 마력을 뿌리칠 팔이 모자라다」이고, 전문을 찾아보려면 박지호에게 문의해야 한다. 박지호는 장차 세상을 놀라게 할 소설을 쓸 것이다. 이미 썼지만

• 아를레트 파르주, 『아카이브 취향』, 김정아 옮김, 문학과지성사, 2020, 106쪽.

아직 박지호 외에는 아무도 볼 수 없다는 점에서 그렇다. 그는 "다음 주면 영영 문을 닫는 술집에서 곧 버려질 술을 거두고 있었"고, 거기서 "가죽 재킷 안에 흰 셔츠를 입었는데 입다 만 건지, 벗다 만 건지, 단추가 풀리려다 만 건지 잠기려다 만 건지" 모르겠는 누군가를 만났다.

나는 높은 스툴에 앉아 있고 그는 계속 선 상태다. 평소였다면 기자가 기사를 쓰지 뭘 쓸까요? 되물었겠지만, 내 손은 총을 쏘기에 이미 흐늘흐늘해져버렸고 그는 예뻤다. 아예 예쁜 건 사람의 힘을 온통 빼놓고도 전력을 다하게 만든다. 그래서 나는 전력으로 기사 쓰는 데 별로 흥미 없어요, 하고 답했다. 그럼 뭐에 흥미가 있냐고 그는 물었고 나는 두 명의 작가 이름을 댔다. 그는 소설은 잘 모르고 그냥 김승옥을 좋아한다고 말했다.

김승옥 뭐가 좋아요?

「무진기행」일 거 다 알아. 그런데 「무진기행」을 모르는 거다.

그, 안개.

그때부터 「무진기행」은 「무진기행」일 수 없고 그, 안개인 게 맞았다. 그, 안개는 다 섹시 때문이다. 섹시가 무르익을 적은 이미 새벽 한 시가 지난 때였고, 일행은 이제 집에 가자며 자리를 파하려 했다. (하.) 그는 내게 가시게요? 조금 더 놀다 가세요 했고 그때 내게 남은 선택은 어차피. 있잖아, 나도 네가 좋은데, 어차피.

둘의 이야기는 여기서 그치고 화자는 「히로시마 내 사랑」
이야기를 한다―글이 끝날 때까지. 그리고 나는 '어차피'로
끝난 저기에서부터 새로 상상한다. 사랑은 여기까지가 전부니까
어차피. 너도 알고 나도 알고 그것으로 된 거니까 어차피. 어떤
일도 일어나지 않는대도 이미 모든 것이 일어난 것이니까.

그는 처음 만난 날 나에게 뭐라 뭐라 이야기를 했다. 돌고래들이
어쩌고저쩌고…… 내가 하는 생각은 이것뿐이었다. 내 손가락에
있는 돌고래 보여주고 싶다. 사랑은 소설이 하고 영화가 하니까
어차피.

좋아하는 사람이 생기면 그가 읽은 책과 그가 본 영화와
그가 들은 노래를 찾아서 들었다. 그를 만나는 것보다 그게 더
중요할 때도 있었다. 그를 짐작하는 더 좋은 방법은 그가 쓴 글을
읽는 것이다. 그의 글을 알기 위해 몇 번 들여다보고 방문에도
붙여두었다. 옷을 입으면서도 보고 벗으면서도 봤다. 화장실에
가져가고 싶기도 했으나 예를 갖추어야 했다. 어떤 글은 부적이
된다. 어느 날 일기에 아무 일도 일어나지 않았는데 가슴이
답답하다고 썼다. 아무 일도 일어나지 않으니까 책을 읽는다.

시리 허스트베트의 『에로스를 위한 청원』에는 이런 문장이
나온다. "나는 항상 모든 연애에 삼각의 요소가 있다고 느꼈다.
두 명의 연인과 세 번째 요소, 바로 사랑에 빠져 있다는 관념 그
자체다. 이 세 번째 요소 없이 사랑에 빠지는 것이 가능할지 나는
늘 궁금했다."•

• 시리 허스트베트, 『에로스를 위한 청원』, 김선형 옮김, 뮤진트리, 2020, 90쪽.

***

어느 시점에 무거워지고 가벼워질지 생각하는 것은 사랑과 혁명에 도움이 된다. 사랑은 전대미문으로 남는다.

예스

어느 날 친구가 휴대전화 잠금 화면을 150년 전쯤의 그림으로 설정해둔 것을 보았다. 그림 속 여자와 남자가 손을 붙잡고 있다. 사랑을 확인하는 순간 손을 잡는 모양새란 황홀에 젖어 두 가슴 사이에서 꽈악 맞잡는 것일 텐데, 둘이 잡은 손은 아래로 가 있다.

기뻐하면 안 될까. 그림의 제목이 「예스Yes」라는 것을 알려주고서 친구는 "러브 이즈 예스"라며 까불었다.

그의 설명에 따르면 그림 그린 존 에버렛 밀레이는 친구의 아내를 사랑했다. 그림 속 남자가 자신이고 그림 속 여자는 친구의 아내인 것. 남자가 여자에게 마음을 고백하러 갔던 날 여자가 한 대답은 예스. 그래서 제목이 「예스」. 여기서 나는 사랑과 예스만 꺼내본다.

사랑하기가 어렵다. 사랑이 살고 내가 죽든(진심으로) 내가 살고 사랑이 죽든(얄팍하게) 둘 중 하나는 죽어야 한다. 상대가 내 곁에서 사라질 때쯤 이 관계에서 내가 바란 것은 무엇도 아닌 나 자신이라는 걸 깨닫는다. 그렇다면 차라리 다행이다. 남이 나를 제치고 내 중심에 들어앉은 게 아니라 어찌해볼 수 있는 나 자신이 관건이라면, 나만 달래서 되는 거면 할 일이 확실해진다.

나를 떼어놓고 멀리 가고 싶어

허무한 사람은 영원을 바라고 권태로운 사람은 새로운 것을
추구한다. 이 기분이 허무인지 권태인지 구별하기를 중단하고
운동이나 하러 가자 털고 일어나면서도 내가 놓친 생각은
무엇일까 걸으면서 생각한다.

1990년대 중고 시집에 상한 데 하나 없는 단풍잎이 꽂혀 있는
걸 보면 전 주인에게 따지고 싶어지는 것이다. 꽂을 땐 언제고
되파냐고.

태어나지 않았더라면. 대부분의 현대인이 아침저녁으로 하는
생각일 테지만, 생을 새롭게 만드는 방법이 아주 없는 것은
아니다. 어제 만난 친구는 전부터 드럼을 배우고 싶었는데 회사
그만두고 시간 남은 김에 배우기 시작했단다. 얼굴에 화색이
돈다. 어제 드럼을 세 시간 내리 치고도 시간 가는 줄 몰랐던 게
신기하고 좋단다. 아기가 제 몸의 경계를 더듬어 알아가듯 처음을
배워가는 즐거움. 그 세계의 법칙과 이유를 익힐 때.

어젠 누군가의 합평 종이를 훔쳐봤는데, '밀고 나가라'는
피드백이 적혀 있었다. 더 강한 말을 쓰라거나 힘을 주라는 게
아니라 감각이 몸에 철썩철썩 붙게 끝의 끝까지 느끼라고.

술집 벽의 어떤 낙서는 내게 읽히려고 준비된 암호 같다. "빈
종이를 보면 무엇을 써야 될지 모르겠지만 누구에게 써야 할지는
알 것 같다"라는 말. "오늘은 여기로 여행 왔다"라는 말 옆에 "우리
영원히 여행 다니자"라는 말. "오라는 누나는 안 오고 쓰디쓴

소주만 오네" 하는 말. 말을 찍어서 외워서 적어서 가지면 내가 좀 더 내가 될 것 같다.

가끔은 수학을 설명하는 말에 매우 중요한 것이 깃들어 있다고도 생각한다. 어떤 경우에 이것은 항상 거짓일 수 있다. 모순이라는 개념은 수학에도 나온다. 모순법은 모순을 이용하는 것이다. 모순을 활용해 답을 구한다. 모순을 의도하거나 모순을 키울 수도 있다. 증명과 해답의 욕구가 크지 않은 나 같은 사람은 그때그때 거짓과 모순을 갖고 놀며 중요한 것을 잊어나가고 싶다.

하루 만에 빈 가지에서 벚꽃이 터진다. 좋은 걸 찾아다니려는 내 마음이 지겹다. 작고 숱 없는 꽃나무라도 시기에 관계없이 어딘가 있어줬으면 한다.

나 요즘 행복해서 글이 안 써진다

같이 몰려다니던 동기들이 우르르 졸업한 뒤 혼자 남은 K는 공강 때마다 학교 도서관에 가기 시작했다. 수업 끝나고 강의실에서 나오면서 갈 곳이 있다는 게 K의 걸음을 가볍게 만들어줬을까? 사람은 아니어도 자길 기다리는 뭔가가 있다는 게 어디야. K의 존재를 처음 안 것은 미디어비평 수업 시간이었다. 홀랑홀랑하게 앉는 걸 좋아해 그날도 앞뒤로 옆으로 아무도 없는 자리에 앉았는데, 길쭉하고 사납게 생긴 애가 옆으로 스윽 들어와서는 "서한나 옆에 앉아야지~" 하며 끼어들었다.

미디어비평 교수는 매주 비평문을 써오라고 했다. 수강생들은 차례로 앞에 나와 자기가 쓴 글을 화면에 띄웠다. 그러면 교수가 모두 보는 앞에서 글과 글쓴이를 가루가 되도록 깠다. 비문을 고치라거나 메시지를 명확하게 하라는 정도의 피드백을 예상했으나 교수는 이런 식이었다. "이건 글이 아닌데? 다른 애들이 쓴 거 보면서 무슨 생각한 거 없어? 너는 허물을 벗어야 돼. 지금 글이 너무 재미없어. 너는 허물을 벗고 벗고 벗고 계속 벗어야 돼." 다음 주엔 교수가 어떤 저주와 모욕을 퍼부을까 달달 떨었다.

침이 꼴깍꼴깍 넘어가는 가운데, 털레털레 앞으로 나가 자기 글을 화면에 띄우던 K는 무려 칭찬을 받았다. "그렇지 이렇게 써야지. 원래 이렇게 잘 썼냐? 조금만 다듬어서 공모전에 내봐, 알겠지? 꼭 내." 박수받던 전설의 K가 강제로 홀로서기 하기 전까진 도서관 가는 취미가 없었다니. 외로운 고학번 여자애들이 삼삼오오 엉겨 붙어 밥 사 먹고 슬슬 캠퍼스 산책도 하던 무렵, 나는 K와 조금씩 친해졌다.

K는 자기가 도서관에서 가장 좋아하는 자리가 어디인지 알려주었다. 대단한 비밀의 장소라도 되는 양 조심스레 데려가 자랑스럽게 보여줬다. '여, 기, 야!' 하는 것처럼. 서가 끄트머리와 창문 사이에 틈이 있는데, 애는 도서관 자료실에 도착하면 맨 먼저 스툴을 골라 들고 창 쪽으로 앉았다. 서가에 등을 기대고. 옷을 시원하게 입는 K 덕분에 나도 여름인 걸 알았다. 하얀 단화에 발목으로 약간 올라오는 흰 양말, 위엔 두 가지 색이 섞인 스트라이프 반팔 티셔츠를 입었던가? 자주 보니까 그다지 사납게 느껴지지 않았다. 매미 소리가 들렸다.

K는 나를 도서관 옥상에도 데려가주었다. 주말 오후를 양껏 즐기겠답시고 책 들고 아파트 옥상에 갔다가 잠깐 갇혀 있었다던 말을 들으니, 아니 앤 옥상에 뭐가 있다고 옥상을 이렇게 좋아하는 거야 싶었다. 우리는 햇볕 쨍쨍 내리쬐는 낮과 모기가 소리로만 존재하는 밤에 옥상에 갔다. 사람들 다 보내놓고 약속 있는 척 함께 옥상으로 갔다.

"나는 여기 서서 지나가는 사람들 정수리 보는 거 좋아해." 나도 그 옆에 서보았지만 뭐가 재미있다는 건지 몰랐다. 그런데 그렇게 말하면 "내가 기대했던 사람이 너인 줄 알았는데 아닌가 봐!" 할 것 같아 가만히 있었다.

그해 여름 나보다 먼저 졸업한 K는 내가 듣는 수업이 끝날 때까지 근처 카페에서 소설을 읽거나 때로 자기소개서를 쓰며 시간을 보냈다. 나는 화장실 가는 척 K에게로 도망쳤다.

K는 다시 등장한 나를 올려보며 "너 또 나왔어?" 어이없어했다. 그러고는 빠르게 짐을 챙겨 밥 먹으러 갔다. 우동이나 덮밥 같은 것을 사 먹었다. 우리 과 모 교수는 아주 틀려먹은 사고방식을 가졌다거나 아무도 안 보긴 하지만 학교 신문에 기고해야겠다거나 동기 남자애가 후배를 좋아하는 것 같다거나 하는 이야기를 나누며 근엄하게 굴었다가 경박하게 굴었다가 작은 실수에도 배를 잡고 웃었다. 거리의 주인이 우리인 것 같았다. 식후엔 커피를 사 들고 까불며 올라가다가 내가 "에이, 그냥 너랑 계속 놀래. 가방만 챙겨 나올게" 하면 K는 "야⋯⋯" 하면서도 말리지 않았다. 우리는 놀이터에서 미끄럼틀 타는 모습을 동영상으로 찍으며 놀았고, 차를 빌려 타고 동학사에 갔다. K와 놀고 나면 슬리퍼에 모래가 있었다.

대학가 막걸릿집에서 송명섭막걸리를 마시고 천변을 걷던 날에는 예고 없이 쏟아지는 소나기를 맞았다. 빗방울에 두들겨 맞은 꼴을 하고 우왕좌왕 택시를 탔는데 몸에서 김이 펄펄 났다. 옥상에 나란히 누워 있는데 K가 벌떡 일어나 앉았다. "나 요즘 행복해서 글이 안 써진다. 무슨 말인지 알아?" 정확히 모르겠지만 기분이 좋았으므로 이따 적어놔야지 외우고 있는데 K가 다시 누웠다. '무슨 말인지 모르지?' 그러는 거 같았다.

K의 침대 머리맡에는 행성 스티커가 붙어 있었다. 니스에서 찍은 광활한 바다 사진도 방 어딘가에 있었다. 그것들을 구경할 때 아득한 슬픔을 느낀 이유는 K가 본능적으로 원하는 것을 나는 아주 단순하게 추측할 뿐이라는 사실을 감지했기 때문이다. 내 안에는 K가 좋아할 만한 평화가 없는 것 같았다. 옥상의 조용함이 내게는 지루했지만, K가 옥상에 가자고 하면 계단을 두세 칸씩

밟아 올라갔고, 올라간 뒤에는 K가 있고 싶어하는 만큼 있었다.

K는 요즘 글을 쓸까. 행복하지 않았으면 좋겠다.

즐거운 일기

최승자의 시집 『즐거운 일기日記』를 이미 가져놓고선 인스타그램에
올라온 시구절을 보고 난생처음 보는 사람처럼 물었다. 똑똑한
친구는 말했다. 저거 그거잖아. 독물 타줘도 꿀물인 것처럼
모르는 체 마시겠다는 시.* 사랑 이야기가 궁금하고 사랑 노래가
절절하다. 아무리 안 그러려고 해도 내가 쓴 글들은 대개 사람을
사랑하는 이야기이거나, 사람이 사람을 사랑했던 이야기이거나,
사람이 사람을 사랑할 뻔한 이야기이거나, 사람이 사람을
사랑하는 데 성공한 이야기다. 내가 골라 보낸 글들은 사랑과 사랑
밖의 것들로 나뉜 것 같다고.

　난 이번에도 사랑이라는 말과 어떻게 관계 맺어야 할지
난감했다. 하지만 본성이 난감함을 뚫을 만큼은 뻣뻣해서 그날
이후 나는 매일매일 사랑이라는 말을 쓰지 않은 적 없이 보냈다.

　빠져들어가는 느낌을 사랑 말고는 달리 표현할 길이 없다.
최승자의 시든 서가에서 발견한 모르는 사람의 글이든 오전
나절에 마시는 기름진 커피든 그야말로 사랑해도 좋을 사람이든
다 독이어도 꿀처럼 받아 마시고 더 없냐며 핥을 만큼 달다.
빠져나갈 것 같은 사람이든 다음 이사에 맞춰 내다버릴 책이든
당장의 흐름에는 몸을 맡길 수밖에 없다. 폭포는 위에서 아래로
떨어지고 물은 하루에 꼭 세 컵 이상 마셔야 한다.

　* 최승자. 「연습」. 『즐거운 일기日記』. 문학과지성사. 1984.

216

그 사람이 보는 방식으로 세상을 볼 수 있을까. 절대 도달할 수 없는 지점이 있대도 따라가보려는 것이다. 나를 보지 않아도 좋을 그 눈이 언제 어떻게 빛나는지 그것을 알고 싶다. 처마 밑에 매어둔 감이 익으며 달아지는 철에 나는 사람의 눈에 관해 써야겠다고 생각했다.

손

손의 감촉을 결정하는 것은 습도도 체온도 핸드크림도 아닌
본성이다. 어떤 손은 닿으려는 지점에 닿으러 가는 동안에도
실감이 난다. 갈 듯 말 듯 다 가보는 손은 동물을 만질 때와 식물을
만질 때와 책장을 넘길 때 비슷하게 움직인다. 거기에 몸을 맡기면
유순해지기라도 한다는 듯 기대에 차서 그 손의 움직임을 본다.
자기 몸이 어디까지인지 몰라서 책상을 치고 다니는 말썽꾸러기와
사귈 순 있대도 부드럽지 않은 손을 좋아해본 적은 없다. 내가
잡고 싶은 손은 뭘 잡기에 좋은 손은 아니라서.

　손가락은 어디든 닿도록 세밀하게 설계되어 그 자체로
민감하다. 그러니 내가 만져본 적 없는 그 손을 떠올리며 종이에
베이지 않을까 캔을 딸 때 다치지 않을까 조마조마한다. 그런
손이라면 딱딱하고 날카로운 데도 잘 감겨서 내가 걱정하는 만큼
다치지는 않는데도. 어느 날 버스 손잡이를 잡고 가다 손가락이
따끔거려 올려다보니 언제 그랬는지 모르게 손가락이 베여 있곤
했다.

어떤 담배 냄새

식당 앞에서 친구들이 담배 피우는 걸 기다리며 생각했다. 손가락이 아닌 데로 담배를 집는 사람도 있을까? 들키면 안 되니 젓가락으로 집어 피운다는 사람도 있지만 그 한 대를 꺼내 드는 것도 결국 손가락의 일. 입에만 물려 있는 담배도 있기야 있지만 올리는 것 역시 손가락이 한 일.

담배를 피우면서 고기를 뒤집는 사람이 있었다. 인상을 잔뜩 찌푸린 채 젖은 휴지 깔아둔 종이컵에 재를 탁탁 털어가면서. 지금은 식당에서 담배를 못 피우게 하지만, 아르바이트하던 가게에선 자정 넘어 마감을 하면 점포 앞을 구정물이 말라붙은 천막으로 덮어놓았다. 친구는 담배를 입에 물고서 천막을 덮었다. 동시에 하니까 똑똑해 보였다. 귀를 어깨에 붙이고 전화받으면서 메모를 하거나 운전하는 사람을 보면서도 그런 생각을 했다.

무슨 생각을 하는 건지 모를 사람이 옥상에서 담배를 피우고 있으면 공기 중으로 풀려 나가는 연기를 보는 게 안심이 됐다. 그러면 그게 다 탈 때까지는 어디 가지 않을 것 같아서. 어떤 생각이라도 하겠지 싶어서. 아무런 할 말도 아무런 문제도 없으니 이만 가자는 사람이 무서워서.

빨대 같은 담배를 두 손가락 끝에 얹듯이 올려두고 먼 곳을 쳐다보는 사람의 속사정도 궁금하지만, 내가 오래 보고 싶은 것은 손가락 사이 끝까지 밀어넣은 담배가 언제까지 거기서 타고 있을 것인가 하는 것이다. 때가 되면 그걸 입으로 가져가 한 번 더 깊숙하게 빨고는 크레파스를 짓뭉개듯 재떨이에. 손가락 사이에서 나는 담배 냄새가 정겨웠다. 그 냄새만 맡으면 언제든 쓸쓸해질 수 있다.

생각

어떤 감정은 노래를 같이 듣는 것만으로, 무언가를 같이 보고 어디론가 같이 가는 것으로만, 어떤 시간을 내내 함께 보내는 것으로만 전해질 수 있다. 그러니까 그날이 올 때까지는 매일 운동을 하고 매일 밥을 먹어야 한다.

뺨의 총체

저 뺨을 내 손으로 쓸어볼 일은 없겠다고 생각하던 사람의 뺨을
쓸어본 적이 있다. 그런가 하면 절대로 맞아볼 일 없겠다고
생각했던 뺨을 맞아본 적도 있다. 내가 자기 얼굴을 보고
있다는 걸 느끼고도 뚫리지 않는 뺨이 있고 타고나길 튕겨내는
걸 잘하는 무심한 뺨이 있다. 내가 뺨을 손에 쥐면 눈은 어느
쪽으로 굴러갈지, 가만히 있을지 아니면 고개를 살짝 뺄지,
그러고 나서는 어떤 말을 할지 아무것도 예상하지 못한 채로 내
마음이 그 뺨을 쓸어볼 때는 상대가 너무 귀엽거나 사랑스러워서
손가락을 접어 그 사이로 꼬집어보고 싶기도 하고 손등으로
살짝 건드리고 싶기도 하다. 표정을 숨기고 싶을 때 눈은 감으면
되는데 뺨은 빛깔인지 모양인지 질감인지—결정하는 것은 모두
저 자신이라서 아무것도 못 숨긴다. 뺨은 질문도 듣는다. 너 울어?
눈을 가리고 울거나 입을 가리고 웃어도 기분은 뺨에서 들통이
난다. 이목구비를 관장하니까. 그 뺨에 내 뺨을 갖다 대는 일이
일어날까. 베개는 많은 일을 대신해준다.

데이트

데이트 직전은 사람의 내장을 춤추게 한다. 약속 장소에 내가 먼저 나와 있는 경우에는 좀 덜한데 상대가 나를 기다리고 있으면 나는 뒤로 걸어가거나 가면을 구해다 쓰고 싶은 충동에 사로잡힌다. 하지만 그가 기대하는 나는 앞으로 걸어가는 나이고 가면을 쓰지 않은 나라서 마음을 다스린다.

긴장을 해소하고 싶었던 나는 가는 길에 세계과자 할인점에 들러 차카니와 맥주사탕 같은 걸 샀다. 양손으로 받쳐 들고 약속 장소에 갔다. 나를 알아본 그가 내게 걸어왔고, 웃고 있는 그를 향해 내가 지을 수 있는 표정이 떠오르지 않았다. 평소에 짓던 표정으로 있고 싶었지만 어떻게 짓는지 몰라 급한 대로 과자를 내밀었다. 아무리 데이트를 해도 이것은 익숙해지지 않는다. 데이트 중간에 참석할 수는 없는 걸까.

한번은 만난 지 한 달쯤 된 사람의 친구들을 만나게 되었는데, 이번엔 약속 장소가 서울이었다. 기차를 타고 가는 동안 긴장감이 증폭되었다. 이제 세계과자 할인점으로는 안 되고 세계라도 돌고 와야 긴장이 덜어질 것 같았지만 시간이 없었고 내가 믿는 것은 선물하려고 사둔 무화과 잼이 가방 안에 들어 있다는 사실이었다.

카카오택시에 약속 장소를 입력해보니 10분이면 간다고 나왔고 나는 택시기사가 돌아가주길 바랐다. 심호흡도 하고 사라진 표정도 찾으러 가고 하려면 20분은 있어야 한다. 10분이 흘렀고 나는 망연자실해서 가방 안에 무화과 잼이 잘 있는지

어두운 택시 안에서 손을 넣어 더듬어보았다. 잼을 꺼내기 쉽도록 배낭을 한쪽 어깨에만 걸치고 택시에서 내렸다. 이 술집에 뒷문 없냐고 물어보고 싶었지만 문 앞에서 시간을 더 보내다간 영영 못 들어갈 것 같았다. 할 말도 지을 표정도 준비하지 않은 채 문을 밀어 들어갔고, 그들의 자리를 확인하면서 잼을 꺼냈다. 그리고 빈자리에 앉자마자 이거 드세요! 하고 탁 탁 탁 그 앞에 잼을 내려놓았다. 그날 나는 거절 않고 마시다가 취했고 양말도 벗지 않고 잤다. 기억이 나지 않는다. 그곳에 어떻게 앉아 있었는지도 내가 무슨 말을 했는지도. 술에서 누룽지 맛이 났다는 것밖에.

첫 만남이 어땠는지 이야기하는 게 재밌어서 그 얘기하다 50년이 흐를까 봐 걱정되는 사람이 있었다. 나는 언제 하네코를 더 좋아하게 되었나. 그가 까불다 넘어졌을 때, 툴툴 털고 일어나더니 머쓱하게 웃을 때, 갑자기 사투리로 말하고 싶은 기분이 되었다며 살아본 적 없는 지방의 사투리를 구성지게 뽑아낼 때, 빵집에 들어갔다 나오더니 가방에 빵 봉지를 구겨 넣고 가방이 너무 빵빵해졌죠 이야기할 때. 나는 그 사람을 마음속 깊이 들이게 되었다. 표를 미리 끊어두지 않아 계획이 틀어지는 바람에 들어간 식당에선 그해 가장 맛있는 맥주를 마셨다. 하네코가 나를 좋아한다는 것을 느낄 수 있었다. 나처럼은 아니겠지만 나름대로 긴장하고 있을 거라는 것도. 하지만 그걸 알아도 어쩔 수가 없다. 나는 요즘도 가끔 홀맨 탈을 쓰고 나타나거나 범블비를 타고 조용히 입장하는 상상을 한다. 그가 기다리는 것은 과자를 든 나도 잼을 꺼내는 나도 홀맨인 나도 아니고 자신을 만나기 위해 저벅저벅 걸어오는 나, 그거면 된다는 걸 알면서도.

연애를 하면서도 짝사랑 노래를 듣는다

나는 어떤 상황에서든 빠져나갈 구멍을 생각하는 사람이다.
아니다. 사람이 원래 그렇다. 아니다. 빠져나갈 구멍 따위
생각하지 않아도 될 만큼 어딘가에 빠져 있으면 안 그런다. 나는
「엘리자베스 비숍의 연인」을 보았다.

　엘리자베스와 로타는 서로를 사랑했을까, 사랑한 건 자기`
자신 뿐일까. 나는 한 사람에 관해서 오래 쓰고 싶다고 생각했다.
어디가 좋냐는 질문에 어디가 좋다고 말하는 건 어렵지만 어떻게
좋은지는 말할 수 있으니까 그것에 관해서 길게 쓰고 싶다.

　한쪽은 한쪽을 너무 모르겠다고 말하고 한쪽은 한쪽이 좋지만
모르겠는 건 아니라고 말하는 관계를 자주 겪었다. 모르겠어
죽겠는 사람은 애닳아 죽기도 하고, 좋지만 모르겠는 건 아닌
사람은 박자에 맞춰 움직이기는 하지만 푹 빠져들지 않았다.

　불균형한 관계의 해법을 나이 차이에서 찾으려고 한 적이
있다. 나보다 더 오래 살았으면, 경험한 게 더 많으면, 경험한
사람도 많아서 노련하고 매끄럽고 매력적일 가능성도 높으면.
그런데 나이와 매력이 비례하지 않는다는 것쯤 내 친구들도 알고
네티즌들도 알았다.

　여기서 빠져나가 어디로 가고 싶은 것일까. 원하는 것이
무엇일까. 어떤 사람과 어떤 관계를 맺을 때 행복한가. 이건
현재에서 빠져나가 또 다른 현재로 흘러든다고 해서 해결되는
문제가 아니었다. 정직한 사람을 사랑하면서 정직해지고 싶었다.

꼬일 대로 꼬인 영화만 좋아하고 꼬일 대로 꼬인 사랑만 좋아하는 줄 알았는데 그건 이것이 아니면 차라리 저것이겠다는 요상한 극단이었고, 무엇보다 비현실이었다.

　「엘리자베스 비숍의 연인」에서는 잃으라고, 하루에 하나씩도 잃으라고 하는데 나는 이 영화를 틀어놓고 딴 데서 교훈을 얻는다. 누가 누구에게 끌려다니거나 누가 누구를 끄는 것이 아닌 관계를 맺을 수도 있을 것 같다. 마주 보고 앉아서 아주아주 구체적인 농담부터 아주아주 추상적인 감정까지 나눌 수 있고 하루가 끝나가는 것을 아쉬워하며 새로운 하루를 함께 준비하는, 꿈과 현실을 오가는 관계가 가능하다는 것을 확인한 것 같다. 꿈에 실체 없는 사람과 사랑했는데 나는 그게 너라고 생각해. 그러면 사랑은 실재하는 것이 된다. 나는 정직한 사람을 사랑한다. 정직한 사람 앞에서 나는 알아서 깨닫고 쓸데없는 짓을 포기한다.

나는 알고 싶은 것 같다

추리소설을 읽지 않았다. 사랑을 하면 되니까. 하지만 사랑이 뭐냐고 물으면 이랬다저랬다 대답을 너무 길게 해서 듣는 사람 괜히 물어봤다고 생각하게 한 적은 몇 번 있는 것 같다. 사랑하는 사람의 입에서 나온 말이 자꾸 쫓아와 빨간 신호 앞에서 웃게 되었다.

오늘은 오늘의 답을 해야지. 오늘은 오늘의 사랑을 해야지. 내게 사랑은 기운이든 생김새든 첫눈에 반한 뒤 그가 세상을 받아들이고 해석하는 방식을 사랑하는 것으로 계속되는 것이다. 나는 그 사람의 지성에서 신비감을 만들어낼 수 있다고 생각한다. 대화 중에 딴 데로 튀는 타이밍이라거나 무언가 진지하게 말할 때 슬쩍 바뀌는 눈빛이라거나 보통 이렇게 말하고 이렇게 맺는데 저렇게 말하고 저렇게 맺는 건 처음 보네 싶어지는 정확한 독특함이라거나.

내가 사랑하는 사람이 무엇을 잘못 들어 어떻게 오인하는지 알고 싶다. 그것이 그의 사고방식과 지형과 터널과 조도를 알게 하기 때문이다. 나는 사랑하는 것 같다. 나는 알고 싶은 것 같다.

이것은 너에게 지성이 있는 한 너를 사랑할 거야 하는 식으로 조건을 다는 게 아니라, 너일 수밖에 없겠다는 말이다. 집 앞 카페에 갈 때 책을 몇 권 챙겨 나가 정작 책은 몇 페이지 안 넘기고 돌아오더라도 그건 그럴 수밖에 없는 일이라고 생각한다.

하늘을 보면서 오리온자리나 북두칠성에 대해 생각해본 적은 없지만 그로부터 아득한 느낌을 받기는 한다. 하늘에 별이 있다는 말에 고개를 들었는데, 살짝 목만 꺾을 때와 몸을 뒤까지 젖힐 때 풍경이 달랐다. 별은 이미 펼쳐져 있었다는 생각을 했고, 모든 게 예비되어 있다는 느낌 앞에서 뭘 따져 묻고 싶은 마음이 사라졌다. 네가 보기 전부터 이랬다고, 할 말 없게 만드는 그 풍경은 잡스럽고 부정적인 걸 녹여버린다. 연애에 따르는 자질구레한 걱정 같은 것은 아무래도 상관없지 않나. 그런 순간에는 오래 지녀온 습성마저 버린다.

나는 모르고 싶은 것 같다

못 버린 게 확실하다. 나는 매일 자질구레한 걱정을 한다. 매일 먹던 것을 먹고 싶어하고 매일 듣는 노래를 또 듣는다. 나는 이제 지겨운 짓을 그만하고 싶다. 연인이 서점에 가서 이리저리 서가를 돌아다니고 있으면 세상에서 제일 흥미로운 책이 되고 싶어진다. 그런데 책이 아니라서 우두커니 서 있으면 연인은 내 곁으로 와서 좀 봤어? 재밌는 거 없어? 하고 묻는다. 사실 안 묻는다…… 나는 체감 한 시간 넘게 나를 나 몰라라 하고 책만 보는 연인(최대한 나쁘게 생각한다)의 뒷모습을 보고 가장 극적인 버림받음을 상상한 뒤 어쩔 수 있나 방법이 없다(이대로 헤어질 순 없다) 하는 심정으로 그의 곁으로 슬쩍 다가가지만, 그는 마지막 기회를 놓치고 만다. 책에 너무나 집중한 나머지 기척을 느끼지 못한 것이다. 나는 또 한 번 억장이 무너지는 기분을 느끼지만 다시 도전해본다. 나도 재밌는 거 많은데 이것도 재밌는 건지 궁금해서 본다는 태도로 표지를 슬쩍 본다. 그럴 때 내 연인은 나에게 내용이 잘 보이도록 책을 돌려준다. 난 평생 책 같은 거 안 봐도 된다고 서점이 떠나가게 소리를 지르고 싶지만 사람 좋은 미소를 지어 보이며 이제 열 시간 정도 지난 것 같은데 집에 가서 얼굴이나 보고 있는 게 어떻겠냐고 말하려다 참는다. 그가 책을 보다가 웃는다. 그가 웃는 모습에 모든 걸 다 바치겠다고 마음먹은 적이 있는 것 같다.

이러나저러나 나는 네가 빨리 이걸 봤으면 좋겠다. 그런 마음이 들면 신이 난다. 신이 나려면 세상엔 너도 있어야 하고 보여줄 것도 있어야 하고 나도 있어야 한다. 나는 사람들에게 만나게 하는 글을 쓰라고 한다.

이 책은 나를 몽로라는 주점에도 데려가고 극장에도 데려가고 당근샐러드 가게에도 데려가고 정원에도 데려갔다. 한 잔 마실 걸 두 잔 마시게 하고 굳이…… 싶은 것을 하게 했다. 글을 써야 하니까, 그걸 하면 써질 것 같아서, 망치더라도 글로 쓰면 되니까. 글을 쓰면 삶이 두 번째가 되고 그저 체험할 것이 된다.

사극을 좋아하지 않지만 사극에서 밤에 들리는 새소리가 뭔지 알고, 그 새가 어떤 새인지는 모르지만 지금 그게 들려서 좋다. 외할머니와 친하진 않지만 그분이 밤 아홉 시쯤 옆으로 누워 연속극을 보시는 동안 나도 근처에 누워 휴대전화를 만지는 걸 좋아한다.

사랑은 끝났다. 대체 사랑은 누가 하고 있는 거냐, 염불을 외다 지구가 깨져도 상관없을 만큼 사랑한다는 2007년의 어느 드라마 대사를 기억한다. 카카오프렌즈숍에서 사고 싶은 건 아무것도 없지만 널 위해서라면 카카오프렌즈숍 점주라도 되겠다는 고백에 웃는다. 아무도 안 봤으면 좋겠으면서도 누군가는 봐줬으면 좋겠다는 마음이 있다. 그 누가 누구인지 그것만이 중요하다는 것을 아는 사람이 있다.

이 글은 사람을 타이완에도 가게 하고 뉴욕에도 가게 할까. 카누를 지어 강에 띄우게 할까. 굳이…… 싶은 모든 것을 하게 하고 한 번도 사랑한 적 없는 이를 사랑하게 할까. 사주 보던 사람은 나에게 사람 살리는 글을 쓰라고 했다. 나는 네가 이걸 빨리 봤으면 좋겠다. 천당도 지옥도 다 여기에 있다고 재미있지 않냐고. 글이 아닌 삶에 감탄하고도 그것을 비웃고도 싶다.

사랑의 은어
ⓒ 서한나

1판 1쇄 2021년 7월 8일
1판 4쇄 2023년 1월 2일

지은이 서한나
펴낸이 강성민
편집장 이은혜
책임편집 박은아
마케팅 정민호 이숙재 김도윤 한민아 정진아 이민경 정유선 김수인
브랜딩 함유지 함근아 김희숙 고보미 박민재 박진희 정승민
제작 강신은 김동욱 임현식

펴낸곳 (주)글항아리 | 출판등록 2009년 1월 19일 제406-2009-000002호
주소 10881 경기도 파주시 회동길 210
전자우편 bookpot@hanmail.net
전화번호 031-955-2663(편집부) 031-955-2696(마케팅)
팩스 031-955-2557

ISBN 978-89-6735-927-0 03800

geulhangari.com